マイケル・パーマー

オルタナティヴなヴィジョンを求めて

Michael Palmer: Searching for an Alternative Vision

Yamauchi Koichiro
山内功一郎

思潮社

口絵１　フランク・ステラ「ダマスカス門　Ⅱ」（「分度器シリーズ」より）（1968年）［本書第四章］

C0684

口絵２　マイケル・パーマーの詩集『エコーの湖のための覚書』（1981年）の表紙［本書第六章］

口絵3　アーヴィング・ペトリン「この布人形のこと　1」（1987年）［本書第六章］

口絵４　アーヴィング・ペトリン「この布人形のこと　２」（1987年）［本書第六章］

口絵５　アーヴィング・ペトリン「洪水のセーヌ川（大気に包まれて、炎に包まれて）」（1995年）
［本書第六章］

口絵6　アーヴィング・ペトリン「消え失せたものたち（パウル・ツェランのために）」（1996年）
［本書第六章］

口絵7　アーヴィング・ペトリン「セーヌ川（パリは白い）」（1995-96年）［本書第六章］

口絵８　マーガレット・ジェンキンズ・ダンスカンパニー
「デインジャー・オレンジ」（2004年）の公演より
［本書資料三］

目次

第Ⅲ部　資料編

装幀＝思潮社装幀室

凡例

1 マイケル・パーマーの詩篇の邦訳は、すべて拙訳によった。

2 引用文献の該当ページ数を示す際には、アラビック数字で（　）内に記した。

3 作品名を（　）内に記す際には、適宜省略形または略号を用いた。

4 ダンテの『神曲』からの引用を原文または邦訳で行う際には、「地獄篇」、「煉獄篇」、「天国篇」の別、詩章数、および行数を（　）内に記した。

5 『神曲』以外の外国語文献から原文を引用する際には、作者の姓または作品名を、原語で（　）内に記した。また引用を拙訳で行う際にも、この注記法を用いた。

6 邦語文献（『神曲』以外の外国語文献の邦訳書を含む）から引用する際には、あらかじめ本文中で作者名または作品名を示し、該当ページ数のみを（　）内に記した。

7 外国語文献の邦訳書から引用する際には、適宜訳語を調整した。

マイケル・パーマー——オルタナティヴなヴィジョンを求めて

序

一人の詩人について語る本。
あなたが今手に取っているこの本は、おそらくそのような一冊になるだろう。
その詩人については、たとえば以下のような略歴が記されうる。[*1]

*

マイケル・パーマー（Michael Palmer）。彼がニューヨークで暮らすイタリア系アメリカ人の家庭に生まれ、ジョージ・マイケル・パーマーという名を授けられたのは、一九四三年のことだった。既に少年時代から、パーマーは物質主義的な傾向を強めるアメリカ社会に対する違和感を覚えていたという。高校時代に、モダニズムやブラック・マウンテン派の詩人たちの作品に遭遇。一九六一年にハーヴァード大学に入学。そして一九六三年に、カナダのヴァンクーヴァーで催された詩人会議におけるチャールズ・オルソン、ロバート・ダンカン、ロバート・クリーリー、デニーズ・レヴアトフ、アレン・ギンズバーグなどの朗読や講演に接し、保守的なアカデミズムの領域とは別に「詩人たちのパラレル・ユニヴァース」が存在することを知る。そして詩人として生きていくことを決意したパーマーは、それまで用いていた自らのファースト・ネーム「ジョージ」を消去し、以降はマイケル・パーマーと名乗ることになる。一九六五年にレーモン・ルーセルをめぐる卒業論文を提出し、フランス文学文化の学士号を取得。さらに三年後の一九六八年に比較文学の修士号を取得。そしてフィレンツェ大学へ一年留学した後に、建築家として知られる妻キャシー・サイモンと共に、サンフランシスコに居を定めた。以降現在に至るまで、詩人としての活動を展開している。

とりわけ七〇年代から八〇年代にかけては、パーマーはいわゆる「言語派」の有力詩人の一人と目されがちだった。しかしむしろ彼の本質は、特定の流派には帰属しない独自な詩的実践においてこそ認められると言うべきだろう。抑制のきいた文体、流麗な音楽性、さりげないユーモア、そして圧縮が生み出す凄まじいまでの強度。それらを有する彼の作品は、今日における抒情詩の臨界的な局面を鮮やかに開示する一方で、およそ抒情詩の通念とは相容れない反詩的な要素も大胆に生起させている。ちなみに言語派きっての論客の一人チャールズ・バーンスティンは、パーマーを「同時代ではもっともエレガントな詩人の一人」と呼んだ直後に、抜け目なく次のように付言している――「だが彼の作品が興味深いのは、単にエレガントであることに対する嫌悪感を秘めているからだ――それが彼の作品に底流する極めてパワフルな要素となっている」。この評言は、たとえば「アメリカでもっとも重要な詩人の一人」(『ハーヴァード・レヴュー』)などといった紋切り型のパーマー讃と比べれば、はるかに的確だと言えそうだ。

パーマーの既刊詩集は、『ブレイクのニュートン』（一九七二年）、『円状門』（一九七四年）、『エコーの湖のための覚書』（一九八一年）、『第一の表象』（一九八四年）、『太陽』（一九八八年）、『アット・パッセージズ』（一九九五年）、『ガラスの約束』（二〇〇〇年）、『蛾の一群』（二〇〇五年）、『スレッド』（二〇一一年）など。他ジャンルの芸術家たちとの交流も積極的に行っており、コンテンポラリー・ダンスの第一人者マーガレット・ジェンキンズのダンス・カンパニーＭＪＤＣや、画家アーヴィング・ペトリンとのコラボレーションが注目を集めている。二〇〇七年には、詩とダンスをめぐる国際フェスティヴァルに参加するために、ＭＪＤＣと共に初来日を果たした。

＊

たとえば以上のような略歴が記されうる――とは言え、もしそれがその通りであるならば、パーマー自身がこの種の略歴に対する深い疑念を抱く人物であることにも触れておくべきだろう。ここで早々に明言してしまえば、彼は略歴が可視化する仮想の全体像などではなく、むしろそこからこぼれ落ちてしまう不可視の謎のほうに関心を寄せるタイプの詩人なのである。

そんなパーマーの横顔を捉えてみるために、これから彼の初期詩集『ブレイクのニュートン』に収められた一篇「（聖火曜日）」を眺めてみることにしたい。以下はその冒頭より――

Holy Tuesday
bright with haze,

the Duke came.
Six oz. of bread.

Saturday:
San Piero.

Tuesday（Kalends):
the dry wind,
dinner with B—.（*BN* 11）

聖火曜日
かすみがかかっているが明るい
公爵が来られた。
パンを六オンス。

土曜日
サン・ピエロ。

火曜日（朔日《ついたち》）
からっ風
B——と夕食。

木曜日
独りきり、雪は
溶けていない。
昼に十二オンス。

ご覧のように、これらの詩行はそっけないほど簡潔な日記調の文体で書き連ねられている。そこからなんとか読み取れるものはと言えば、たとえばこの書き手が近代以前のイタリアで暮らしていること、ごく自然に聖週間が意識されるカトリックの文化圏内で生きていること、天候の変化に関心を持っていること、そして日々の食事が質素であること、等々であるだろう。ただしこれらの断片的な記述が、書き手をめぐる謎をむしろ深めている点にも注意を払っておきたい。たとえば彼と「サン・ピエロ」の関係を示す手がかりはほとんどないし、なにより「B——」なる人物の正体が不明である。いったいこれは何者なのだろうか。

ともあれ、後半部の詩行も追ってみよう——

Friday:
head of the old man,
the raised arm,
dinner alone.

Monday:
legs of the lower figure,
the last of it.

Thursday 13th
(Corpus Domini):
the blue field
dinner with B—

Monday: colder,
the child's torso.
Moon through the first quarter. (*BN* 11)

金曜日
老人の頭部
もたげられた片腕
独りきりの夕食。

月曜日
下の人物の両足
その仕上げ。

木曜日、十三日
(聖体節)
青いフィールド
B――と夕食。

月曜日――寒さがつのる
子どものトルソ。
上弦の月。

夕食や気象等をめぐる諸要素が、老人、子供、そして正体不明の人物たちの肉体の各部はおろか、なんと「聖体節」（すなわち「主（キリスト）の体」）にまで接合されている。しかもこれら断片的な情報が織りなすタペストリーには、明らかに情報の欠損を示す虫食い箇所も認められるのである。たとえば、「B――」は時々書き手と夕食を共にする間柄の人物らしいが、その正体はあいかわらず不明のままだ。それに「青いフィールド」というフレーズは、いったいなにを意味しているのだろうか。どうやらこれはモスクワの「赤の広場《クラースナヤ・プローシシャチ》」やシャフリサブスの「白い宮殿《アクサライ》」などのように固有名詞化したフレーズではなさそうだが、それだけに得体の知れない印象はいっそう強まる。

さて、このあたりで、言わずもがなの事実についても敢えて触れておくことにしよう。実はこの詩篇「(聖火曜日)」は、いわゆる『ポントルモの日記』（十六世紀にフィレンツェで活躍したマニエリスムの画家、ヤコポ・ダ・ポントルモが残した日記）中に現れる記述を踏まえている。[*2] より正確に言えば、それはポントルモの記した日々の覚書を圧縮・変奏・再構成することによって成立しているのである。

ただし、右の事実自体はあくまでも手がかりの一つにすぎない。確かに『ポントルモの日記』を繙けば、「B――」が画家の年若い友人ブロンツィーノを指していることや、「青いフィールド」が制作中の絵の背景を示していることが判明するだろう。だが、果たしてそれで本当に「(聖火曜日)」という作品の謎が解けたと言えるだろうか。むしろ、ポントルモであると同時にパーマーでもあるようなハイブリッドな人称がこの詩篇を稼働していることも考慮に入れれば、依然として「B――」はブロンツィーノ以外の何者かを意味する可能性を保持したままなのではないか。またそれと同様に、「青いフィールド」も絵の背景などではなく、今なお得体の知れない異空間の様相を呈し続けているのではないか。とすれば、この詩篇中で配列された断片の数々は、まさに「上弦の月」のようにほのかな光を発することによって、いまだに不可視のまま闇に沈んでいる謎の気配をそっと我々読者のもとへと届けているのではないだろうか。

＊

いずれにせよ、そんな気配だけをたよりに書き継がれたささやかな論考の集積こそ、本書に他ならない。その構成は以下のとおりである。

まず第一部「言語の工作者」は、そのタイトルが示しているとおり、マイケル・パーマーという詩人を「言語」の実相に迫る活動家《アクティヴィスト》として捉える試みとなっている。時系列的には、まず一九七〇年代から二〇〇〇年代初頭に至るパーマー作品を概観したうえで、改めて七〇年代および八〇年代に発表された詩篇の検証を行うことになるだろう。全三章の論考は、順にダンテ、ウィトゲンシュタイン、そしてアガンベンの仕事を参照点に据えることにより、三つの角度から立体的な工作者像を投射するように配置されている。

第一章では、ダンテとパーマーが繰り広げる時空を超えた詩的対話にスポットライトを当てる。キーフレーズは After Dante（「ダンテにならって」／「ダンテ以降の」）だ。このパラドクシカルな概念を手掛かりにして、まず『神曲』における「書物概念」（統一的な宇宙観を表象する聖なる書物の概念）が、パーマー作品中で破砕されていく過程を確認する。その上で、一工作者としてのパーマーに同行しているのが、実は他ならぬダンテその人であることを示す。

第二章は、若き日のパーマーにウィトゲンシュタインの著作が与えたインパクトを確認し、両者の実践のあいだで生じた共鳴現象を探る。ベトナム戦争進行時のアメリカ政府は、周到な「虚偽のネットワーク」を自国内に張りめぐらせることによって、市民の意識を幾重にも包囲していた。そういった組織的な情報操作の状況を冷静に看取したパーマーが、情報には還元されえない「神秘的なもの」をめぐる「言語ゲーム」としての詩の探究に乗り出したことを明らかにする。

第三章は、一九八八年に刊行されたパーマーの詩集『太陽』に収められた諸詩篇を分析しつつ、この詩人と共にまるで連星のような軌道を描き続ける哲学者ジョルジョ・アガンベンを取り上げる。ベンヤミンの述べる「経験の貧困」がさらに苛烈な「経験の破壊」へと進行して久しい我々の世界において、新たな経験の根拠となるのは、潜勢力としての「言語」に他ならない。そのことを、パーマーの詩作とアガンベンの思索の共振が、確かに伝えてくれるはずだ。

そして第一部と同じく三章構成の第二部「オルタナティヴなヴィジョンを求めて」では、初期から中期にかけてのパーマーの詩的遍歴を改めてトレースしなおす一方で、主として一九九〇年代から二〇〇〇年代にかけてこの詩人が展開した円熟期の仕事を論じていく。工作者としての詩人は、どのようにして「オルタナティヴ」（すなわち、「もう一つの」、「既存のものに代わる」、「体制に抗う」）な方途を我々読者に対して示すことになるのか。そしてそのヴィジョンは、どのような限界とそれゆえの可能性を宿しているのか――およそそういったことを突きとめるために、第二部は充てられる。

第四章の主軸となるのは、九〇年代のパーマーをめぐる分析である。七〇年代にパーマーがニュークリティシズムの反動的な正典観を打破するために着手したパラドックスの探究は、湾岸戦争の勃発した九〇年代に入るといよいよ本格的な展開を示す。ベンヤミンのフレーズを借りて言えば、それは「一度にいくつもの表情を浮かべている」詩篇を生み出すことになるだろう。本章は、そこにおいて認められる複眼的な詩人の視線が、「重なり合う、しかし調停不能のいくつもの」パラドックスを直視するエドワード・サイードの視線と交錯することを解き明かす。

第五章は、二〇〇五年に出版されたパーマーの詩集『蛾の一群』の掉尾を飾る作品「話す言語の夢」の分析へと焦点を一気に絞る。ただし吉増剛造やW・G・ゼーバルト等のさまざまな書き手たちの声がまるで「蛾の一群」のように群れ集うこの詩篇にアクセスするために、本章のスコープはむしろ拡大されることになるだろう。とりわけ本章が注目するのは、パーマー作品がパウル・ツェランの散文作品「山中の対話」と文字通り対話的な関係を結ぶことによって、多声的な「語る」(reden)ことと非人称的な「話す」(sprechen)ことの往還を増幅させている点である。

そして最終章にあたる第六章では、パリ在住のアメリカ人画家アーヴィング・ペトリンの作品に触れながら、およそ一九八〇年頃から本格化する彼とパーマーのコラボレーションの軌跡をたどる。その過程で本章は、ツェランやエドモン・ジャベスの影がよぎるペトリンの「セーヌ・シリーズ」(一九九五―九六)と、パーマーの詩篇「白いノートブック」のあいだで生じる共鳴現象を分析することになるだろう。結果として、パーマー作品中において「二つの息吹、二つの谺」(ジャベス)が聴き取られることと、その響きが幾重にも変奏された後に「誰でもないものの声」(ツェラン)

が出来することが確認される。そしてこの非人称的な声には、詩人の（そしておそらくは我々の）「意識の楽器」を調律する機能があることも明らかになるはずである。

なお、ささやかな資料編にあたる第三部には、二〇〇三年に筆者がサンフランシスコで行ったパーマーとのインタビュー、詩人の作品「I Do Not」の拙訳、そして二〇〇四年に初演された彼とMJDCの共作によるダンス作品「デインジャー・オレンジ」の短評が収められている。本書が刊行される二〇一五年から振り返るといくらか遠い（そしていくらか近い）これらの資料群は、いったいどんな「未来・過去」[*3]を示しうるのか。それについては、もちろん読者諸賢の御判断を仰ぐことになる。

以上のように、本書はゆるやかな通時性らしきものを帯びているところもあるが、自由に時間軸の遡及や逸脱を繰り返す可変的な構成をとっている。この構成を活かして、わずかなりともマイケル・パーマーという詩人の正体に迫ることができれば幸いである。ただしこの場合、「迫ること」は、詩人の正体を解き明かしたり暴きだしたりすることなどは意味していない。そうではなく、それは詩人の正体という謎に能う限り接近し、あわよくば謎そのものと対峙することこそを意味している。

*

一人の詩人について語る本。

あなたが今手に取っているこの本は、おそらくそのような一冊にはならないだろう。なぜなら本書は、結局は不在の彼もしくは彼の不在が後に残す余韻にこそ耳を傾ける試みとなるだろうから。

＊

マイケル・パーマーの世界へようこそ。

第Ⅰ部　言語の工作者

第一章　「アフター・ダンテ」のパラドックス

――マイケル・パーマー、あるいは書物概念の解体者

パーマーの「ダンテをめぐる対話」

マイケル・パーマー。彼はフランス詩とからめて語られることが比較的多いアメリカの詩人だ。そのおかげで、彼を「現在英語で創作している最良のフランス詩人」[*1]などと皮肉交じりに呼ぶ者さえいるほどである。なるほど確かに、本書中でも後で触れるように、彼の作品がボードレールやランボーを始めとする詩人たちの諸詩篇と密接な関係を持っていることは事実だろう。だが他方で、イタリア詩、とりわけダンテとパーマーの関連性にも重要な意味が見出せるのではないか。

手がかりはいくつかある。つつましいホテルをニューヨークで経営するイタリア系アメリカ人の両親のもとに生まれたパーマーは、幼い頃から『神曲』を読み聞かせられるような文学的な環境では育ちこそしなかったものの、時折父の話すトスカーナ方言と母の話すナポリ方言に接する機会には恵まれていた。このような条件は、後年詩人を志すことになるパーマーが、トスカーナ方言で書かれた『神曲』やイタリア諸地域の方言に関する分析を含む『俗語詩論』に親しむための素地を、

ある程度は形成することになったのかもしれない。

ただし、この段階であまり先走った推測を繰り広げることは控えておくべきでもあるだろう。二〇〇七年に東京で催されたシンポジウム「詩的環太平洋の可能性」の席上でパーマー自身が行った発言によれば、少年時の彼は、「〔エズラ・〕パウンドの書物の巻頭に記されていた謝辞」（117）を読んだ際に、初めてダンテの存在を認識した。[*2] またパーマーはこの原体験についてロバート・ヒックスとのインタビュー中でも回想しており、『神曲』との出会いを果たして以後、この叙事詩を「今日に至るまで絶えず読み続けることになった」と述べている。

その反面、すくなくともエッセイの形では、パーマーはこれまでのところまとまった『神曲』論を発表していない。単独のダンテ論について言えば、二〇〇二年に出版されたロセッティ訳『新生』の新装版に寄せた序文がある。だが『神曲』については、より複合的なテーマをめぐるいくつかの詩論中で、その他のダンテ作品と共に断続的に言及しているのみだ。もちろんパーマーは『神曲』研究者を自称しているわけではないし、もともと型通りのモノグラフを執筆することなどは敬遠するタイプの詩人でもあるので、過度に『神曲』論の不在だけを問題視する必要はない。しかし彼は詩人論の語り手としてはむしろ腕の立つほうに属する詩人であるから、ともすれば『神曲』への言及が散発的にしか見えないことは、少々意外と言えば意外ではある。

だがむしろこの事実は、パーマーの『神曲』への関心の低さよりは、高さを示す証左として捉えるべきだろう。オシップ・マンデリシュタームの言葉を借りて言えば、彼は「ダンテをめぐる対話」[*3]を、散文的論述ではなく詩的創作によって実現しようとしてきたのである。以下の拙論は、その証明に充てられる。

ダンテにおける書物概念と両義性

ただし個別的なパーマー作品を引き『神曲』との関連性を探る前に、まずはエルンスト・ローベルト・クルツィウスの『ヨーロッパ文学とラテン中世』を瞥見し、『神曲』における「本」の意味を把握しておきたい。西洋文学史上における書物概念の生成過程を包括的に論じたクルツィウスによれば、ダンテこそ「中世における書物の引喩」をことごとく集積し、さらにそれを「大胆極まりない想像力によって改新した」詩人である（474）。クルツィウスの指摘中でも特に注目に値する例として、彼が「天国篇」第三十三歌に含まれる以下の詩行を引きながら主張している点をおさえておきたい。

おお、あふれるほどの恩寵よ、そのおかげでわたしは尊大にも
永遠の光の中に視線を打ち込んだのだ、
そこで我が視力の限りを尽くしきるまで。

その深淵の中にわたしは見た
宇宙全体に散り散りになって散逸している紙片が
愛によってただ一巻の書に綴じられ、収められているのを。

つまり実体と偶有とその両者の相互関係であり、
あたかも溶融したかのように合わさっていた。
その様子を語る我が言葉はそのかすかな反射でしかないが、（*Par.* 33. 82-90）

これらの詩行を参照しつつ、クルツィウスは次のように述べる――「『そのなかに万物が含まれている』書物は神である。書物は最高の救いと価値の象徴となる」（483）。換言すれば、『神曲』が指し示す究極の書物は、宇宙のそこかしこにあてどなく「散逸している紙片」が、神の愛によって一巻にまとめあげられることによって具体化する。それは至高の秩序であり、神の似姿としての世界であり、さらにクルツィウスの断言に従って言えば、神そのものの表象ということになるだろう。さしずめ、「世界即書物、書物即世界」とでも呼ぶべきか。いずれにしても、このような究極的統一体を求める作者と読者が「対話」を行うための装置となることが、『神曲』という作品の役割に他ならない。この拙論で試みることになるパーマー作品の分析においては、この神の秩序の顕現としての書物という概念が、どの程度有効か（あるいは無効か）という点が焦点になってくるだろう。

そしてもう一点、『神曲』とパーマー作品を比較する前に、ダンテのいわゆる「多義性」（polysemy）についても概要を捕捉しておきたい。よく知られているように、ダンテが『神曲』の意味的な重層性をパトロンのカングランデに宛てた書簡中で説明する際に用いたのが、この「多義性」という言葉である。通常それは、字義的、道徳的、寓意的、神秘的という「意味の四つのレベル」に分類されるものの、本質的には字義的な意味と寓意的な意味の両義性が最小単位となっていると見ていい（Cuddon 399）。その典型的な例としては、たとえばパオロとフランチェスカの悲恋を歌った「地獄篇」第五歌中の一行を挙げることができる。

Amor condusse noi ad una morte.（*Inf.* 5. 106）

字義的な意味の説明は、この短い引用を直訳すれば事足りるだろう――「愛はわたしたちを一つの死に導きました」。だがこの一行が含む una morte というフレーズには、さらに細心な注意を払っておく必要がある。なぜならば、ダンテの用いたトスカーナ方言では、このフレーズの中で amor という言葉の響きが反復されているからである。かくして風にふかれて身を寄せ合うパオロとフランチェスカの姿は、永遠に一心同体となった恋人たちを示すと同時に、「愛」（amor）と「死」（morte）の宿命的な同一性を示す寓意的な意味あいも帯びることになる。字義的な解釈と寓意的な解釈が、見事に調和的な両義性をこの一行にもたらしているわけである。

ただし一口に両義性と言っても、『神曲』中でそれを示す諸例の間には大きな質的な差がある。その点を示すために、もう一行詩句を参照しよう。以下は、政敵の企みによって、我が子等と共に餓死させられた貴族ウゴリーノの悲劇を歌った「地獄篇」第三十三歌中のフレーズである。

Poscia, più che 'l dolor, poté 'l digiuno». (*Inf.* 33. 75)

直訳は、「その後で、悲しみに、飢えが勝った」。このフレーズにおいては、「飢え」の導く肝心の結果が、敢えて直接的には述べられていない。したがってそこに複数の解釈が成立する余地が生じているわけだが、ひとまず比較的スタンダードな解釈に拠るならば、「悲しみ」を凌駕する力は、強烈な飢餓を暗示していることになるだろう。その場合この一行がほのめかしているのは、絶食の苦痛に耐えかねたウゴリーノが、自分より先に息絶えたわが子への悲痛な想いも忘れ去り、その屍を食らいだす凄惨な姿である。

ところがこの解釈の傍らに、『神曲』の心酔者だったホルヘ・ルイス・ボルヘスは、まったく異なる解釈を併置してみせる。それによれば、なんと「飢え」の勝利がもたらすのは、生存本能を駆り立てる飢餓の力ではなく、むしろそのような本能を剝奪する死の力なのである。したがってこの説によれば、くだんの詩行は、「悲しみはウゴリーノを殺せなかったが、飢えは彼を殺せた」と述べていることになる。しかもボルヘスは、単に自説にのみ固執するのではなく、さらに次のように語ってみせるのである――

「飢餓の塔」の暗がりで、ウゴリーノは愛する者の屍をむさぼったと同時にむさぼらなかった。この揺れ動く不明瞭性、この不安定性が、ウゴリーノを形作っている風変わりな材料なのだ。
(46-47)

こうして『神曲』における両義性は極めて過激な様相を呈することになる。先に紹介したパオロとフランチェスカの例とウゴリーノの例の質的な差は、既に明白だろう。前者は字義的な解釈と寓意的な解釈の差こそあれ、それらの意味はちょうど仲睦まじい恋人たちのように調和し合い、同一方向を向いていた。ところが後者における複数の解釈はお互いにまったく不調和であるばかりでなく、既にどちらが字義的な解釈であり、寓意的な解釈であるかという点すら確定し難くなってしまっている。

ではこれら二種類の両義性のうち、パーマーはどちらに『神曲』の真骨頂を認めているのだろうか。もちろんこのような問いに対して二者択一的な答を返すこと自体が得策ではないが、敢えて答えるならば、それはウゴリーノの例に見受けられたようなパラドクシカルな両義性の方だということになるだろう。敬愛する先行世代の詩人ロバート・ダンカンを論じたエッセイにおいて、パーマーはダンカンの作品中で「ダンテ的な多義性が作用している」ことを指摘しており、さらにその多義性が「創造と破壊、光と闇、有形と無形、存在と不在の間で永遠に生じ続ける弁証法的な闘争」をもたらすと述べている。[*4] そのようなパラドックスが生み出す闘争にパーマー自身も詩人として参加していると推測することは、さほど難しくはない。

以上のように、『神曲』の特徴を、「世界としての書物」という要素と「両義性の過激化」という要素の二点に着目したうえでまとめてみた。おそらくパーマー作品においては、ダンテ的な書物概念は、ボルヘス－ダンカン的な両義性が顕著になってくるにつれて、根底的な批判にさらされることになるだろうと予測されうる。しかし、その点については、以下に展開する個別的な作品分析の過程においてつまびらかにしていくことにしたい。

反理解の書物

まずは、一九七四年に刊行されたパーマーの詩集『円状門』所収の連作「反理解の書物」に目を向けてみよう。その冒頭を飾る一篇は、「無題」とさえ記されていない完全に無題の詩篇である。以下にその全行を引く。

The sun the water and the smallness of the islands
trees sometimes grow from. The semi-circular mountain

A man stands his ground in a lion's skin
and leads his pet lion by a string

through threatening weather. It and if.
It was as if I'd been away for many years

It's as if I've been away for many years

and then the skeleton of a young girl reappears
above the hill in the coruscating air
Once I flew to heaven and
once I went to Europe on a ship.
It is. It was as if.（*CG* 23）

太陽海と木々が生えていることもある
島々の小ささ。半円形の山

ライオンの皮を身にまとった男が自説に固執する
そして縄につないだペットのライオンを連れて歩く

不穏な天候をついて。それともし。
まるで何年もの間わたしは不在だったかのようだった
まるで何年もの間わたしは不在だったかのようだ

それから少女の骸骨が
丘の上のきらめく大気の中にふたたび現れる
かつてわたしは天へ飛んで行ったこともあるし
かつてわたしは船でヨーロッパへ行ったことがある。
それは存在する。それはもしとして存在した。

昂然と「反理解」を標榜する作品を分析できるかどうかはいささか心もとないが、まったくの徒手空拳というわけでもない。実はこれらの詩句の多くが、心理人類学者ゲザ・ローハイムの『魔術と精神分裂症』(一九五五年)中に現れる精神分裂病患者の独白に由来していることは判明している。[*5] 解釈上有効な場合に限り、その独白も参照してみることにしたい。

まずは冒頭の二行中に現れる名詞句に注目してみよう。ひとまずこれは、平凡な叙景として読むことができる。ただし読点の省略と等位接続詞の使用によって、各々の名詞が示す事物(「太陽」、「海」、「木々」など)や観念(「小ささ」)の連続性が強調されているようだ。だがそれもつかの間、続く詩句はぶっきらぼうに、semi-circular mountain のみで終わる。いや終わるというよりも、これが名詞句として完結した状態なのか、それともこの後に述部が続くべき未完の状態なのかが、句点が欠落しているため判然としない。言わばこの詩句は、完結した円を描くことのない文字通り

「半円形の山」のような異物と化しているのである。

そして続く詩行中では、さらに一義的な解釈を確定することが困難な詩句が現れる。A man stands his ground in a lion's skin とは、いったい何を意味しているのだろうか。『魔術と精神分裂症』中の該等箇所と思われる部分にあたってみると、こんなくだりが見つかる——"A man stands on the ground in a lion's skin which is like a coat, and he is leading a lion like a pet dog"（Roheim 135）. このくだりを「反理解の書物」とつきあわせてみれば明らかなように、パーマーは on the ground を his ground へと変更することによって stands を自動詞から他動詞へと変換し、それを stands his ground という熟語の中に定着させているのである。したがってパーマーのフレーズは、既に拙訳中で示したように、「ライオンの皮を身にまとった男が自説に固執する」と解することができるだろう。

では、それが字義通りの意味だとすれば、その寓意はいったいなんなのだろうか。ライオンの皮をまとった男が本物のライオンをペット扱いし、その首に縄をかけてひきずりまわしていることから推せば、これは偽物が本物をリードする倒錯的な事態を暗示していると見ることができるかもしれない。おそらくそこに、ベトナム戦争が進行中だったかつての時代状況を重ね合わせることもまた可能だろう。事実、当時のアメリカでは怪しげな「自説に固執する」一方で悪質なデマを撒き散らす政治家たちが跳梁していたのだし、みすみすそのデマに乗せられて戦地へと送り出される本物の愛国者たちもまた確かに存在していたのだから。しかしこのような読解をある程度までは進めることができるとしても、結局詩中では肝心の「自説」の内容がついぞ明かされぬままなので、寓意は完結されえない。その結果、またしてもこの詩は「半円形の山」のような未完了性を帯びることになってしまう。

ともあれ、このあたりまで読み進めると、パーマーが常套的な言語表現の細部に操作を加えながら、敢えて詩中の諸要素を未決の状態にとどめようとしていることが見えてくる。そのことは、七行目から八行目にかけての詩行についても指摘できそうだ。ひとまずここでは幻想的と形容できる光景が現れそうにはなるのだが、「きらめく大気の中に」姿を見せる「少女」は、たとえばダンテを天国へと導くベアトリーチェなどとはとても比べるべくもない。所詮彼女は、聖女の辛辣なパロディーとして現れる「骸骨」にすぎないのである。だから詩中の「わたし」は一旦天上へと飛び立った経験を語りはするものの、その直後にヨーロッパ旅行という単なる卑近な過去の事実へと引き戻されることになる。結局ここでも、本来なら聖なる体験が示すべき「善」や「神の意思」といった寓意は、完結前に棄却されてしまう。

そしてこういった執拗なまでの未完了性への志向は、この作品の最終行に現れるIt was as ifという謎めいた詩句においても認められる。もちろんこれは、as if節が未完のまま句点によって強制終了させられてしまった非文であると見ることができるだろう。だがそれと同時に、これを完結した文章として解することもまた可能なのである——すなわち、「it はifとして存在した。」つまり「『それ』は『もし』という仮定としてこそ成立した」、という解釈である。こうしてこの詩篇は、各所で複数の解釈を誘い出したまま閉じられてしまうことになる。

ざっと以上のように本作を概観してはみたが、視点の選びようによってはまだまだ解釈の導き出しようはあるだろう。その点から言えば、連作タイトル「反理解の書」（"The Book Against Understanding"）はけして「読解」の拒絶を意味しているわけではなく、むしろその多極的な発現を促すこと、そして作品を単一の了解事項へと還元させないことを意味していると言える。したがってそれは、言語を自明の与件として甘受しないことを示唆しているのだし、支配的な言説の「下に立つこと」（standing under）に対する抵抗を暗示しているのだとも考えられるのである。

この詩篇が書かれた当時のアメリカはベトナム戦争後期の混沌とした状況下にあり、言語本来の意味が体制側の必要に応じて歪曲される組織的な情報操作の時代へと既に突入していた。若年のパーマーはそのような反動的なシステムに対する抵抗を明らかに意識していたし、やがて彼の抵抗はダンテ的な書物概念の解体を強く促すことにもなるだろう。その点に関する考察を、さらに進めていくことにしたい。

書物概念の棄却

上述のように、全体主義的なプロジェクトに対する抵抗の要素は既に一九七〇年代のパーマー作品において顕著だったのだが、八〇年代の作品においてはさらにその抵抗の手法が先鋭さを増すことになる。その点を確認するために、一九八四年に刊行された詩集『第一の表象』所収の作品「花の理論」中の詩行を、これから抜粋しながら参照していこう。

この作品の冒頭部では、ポルノグラフィックな発話（「さあ、彼女のあそこにキスするんだ」）、シュルレアリスティックなイメージ（「彼は岩の中で泳いだ」）、そしてテクスト論的な言説（「テクストには意味など何もない」）等が次々に繰り出される（*FF* 22）。そんな中で、やがて読者はダンテ的な書物概念の批判的連想を誘い出す次のような詩行に出くわすことになるのである――

This is Paradise, a mildewed book
left too long in the house

Now say the words you had meant to
Now say the words such words mean

The car is white but does not run
It fits in a pocket

He slept inside the rock,
a flower that was almost blue

Such is order
which exenterates itself

The islands will be a grave for their children
after they are done（*FF* 22-23）

これが楽園、家に長いこと置きっぱなしにしすぎたせいで
カビだらけになってしまった本だ

さあ、言おうとしていた言葉を言うのだ
さあ、そんな言葉が意味する言葉を言うのだ

その車は白いが動かない
ポケットにすっぽり収まってしまう

彼は岩の中で眠った
ほとんど青に近かった花一輪

秩序などそんなものだ
それは自らの内臓を取り除いてしまう

けりがついたら
その島が彼らの子供たちの墓になるだろう

明らかにこれらの詩行は、クルツィウスが指摘したダンテ的な書物概念に対しては、嘲笑的な姿勢を示している。この詩にかかれば「天国」などは、神の意思と秩序の具体化どころか、たかが「カビだらけになってしまった本」にすぎない。そして当然、そんな雑本の中に記された言葉には、かつてダンテが措定していたような、字義的な意味と寓意的な意味の調和を示す力など存在しない――なにしろ発話者が「言おうとしていた言葉」とその「言葉が意味する言葉」の間には、いかんとも解消しがたい齟齬が生じてしまうのだから。こうして言葉自体の意味作用は、徹底的なまでに矮小化され恣意化されることになる。「車」は走り出すこともできぬまま「ポケットにすっぽり収まってしまう」ミニカーへと縮小されてしまうし、「花」のイメージも「青に近かった」というあいまいな近似色しか帯びることを許されない。そしてついには作品を統御すべき「秩序」さえ、自ずとその内実を失い形骸化してしまうのである。その結果現れる「子供たちの墓」の不吉さについては、改めて指摘するまでもあるまい。

このように、この作品は一見軽妙な筆致で綴られていながらも、かつて『神曲』の「天国篇」が体現した至福の書物概念を否定する不穏な力を宿している。そしてその力は、この作品の終結部において最大限に発動されることになる。以下にその該当箇所を引こう。

The phrase “for a moment” is popular in the world
yet not really meant to be said

That is the third or the fourth world
where you can step into a tremor with your tongue

I do not drink of it myself
But intend a different liquid

clear as the glass in which it’s held,
the theory of the flower and so on

or the counter-terror of this valley
the fog gradually fills

just as we’ve been warned
It isn’t true but must be believed

and the leaves of the sound of such belief
form a paradise

(pronounced otherwise)
from which we fall toward a window（*FF* 24）
「ちょっとの間」というフレーズが世間で愛用されている
だが人は本気でそう言うつもりはない

それは第三あるいは第四世界
そこでは人は舌を用いて戦慄へと歩み入ることができる
わたしは自分でそれを飲みはしないが
異なる液体なら飲むつもりだ
液体はそれを湛えているグラスのように透明だ
花の理論等々

あるいはこの谷のテロ対抗措置のように
そこではだんだん霧が濃くなってくる

まさにわたしたちが警告されていたとおりだ
それは本当ではないが信じなければならない

そしてそのような信憑の響きの紙葉が
楽園をつくる

(別なふうに発音されてしまう)
そこからわたしたちは窓へと落下する

引用冒頭の二行は、形骸化した常套句に対する言及だろう。神の意思など微塵も感じられない空疎なフレーズは、いわゆる「第三世界」(アジア・アフリカ・ラテンアメリカ等)や「第四世界」(第三世界中でも、特に貧しく資源にも乏しい諸国)に「ちょっとの間」言及するのが関の山であり、とても「天国篇」に現れる「第三天」(金星天)や「第四天」(太陽天)の光輝を示す力は持っていない。続いて現れる「異なる液体」はやや思わせぶりだが、これもどうやらただの「グラス」に注がれた飲料水のようだ。「花の理論」もそれほど強力な法理ではないらしく、その他諸々を示す

「等々」とともにそっけなく触れられるのみにすぎない。こんな調子では、たとえば「天国篇」中で聖徒たちの壮麗な整列が形作る「純白に輝く薔薇」（*Par.* 31. 1）などは、とうてい具体化されそうもない。

こうして呪われた現代詩人のペルソナと思しき「わたし」が吐く言葉は、以降の詩行においても上滑りを重ねることになる。おそらく天国を讃えるために発せられるはずだったのであろうカウンターテナーは、無粋な「テロ対抗措置」（すなわち「カウンターテラー」）へと変換されてしまう。そしてそのお蔭で、晴朗な光に満ちるはずだった天上の世界も、不穏な霧がたちこめる地上の谷へと堕すことになるのである。これではもはや、堂々たる大文字で語頭が綴られたかつての「天国」（Paradise）など成立しようもない。だから現代の「わたしたち」は、せめて小文字で記された不定冠詞付きの「楽園」（a paradise）だけは実現したいと願いつつ、いじましくも「紙葉」を束ねてささやかな人工楽園を作り出そうとする。

ところが残念ながら、この「楽園」という言葉さえ「別なふうに発音されてしまう」ことになるのだ。その結果、paradise は otherwise という言葉との間で陳腐な脚韻を踏みながら、文字通り自らを形成する音素のほとんどを pronounced otherwise というフレーズ中へと四散させてしまう。そして楽園をつくりそこねた「わたしたち」は、なんと「つくる」（form）という動詞すらあっけなくすり替えられてしまった結果、ついにその場「から」（from）失墜することになるのである。退場先の「窓」の向こうにどんな光景が広がっているかは不明だが、すくなくともそれは、天国にもその他の圏域にも分類し難い現世の光景であるに違いない。

ざっとこのようにして、作品「花の理論」は現代詩人なら否応無しに経験せざるを得ない「失楽園」のプロセスを明かしている。その結果、ダンテ的な書物概念は容赦なく棄却されていると言えるだろう。

書物概念の解体

以上のように、「世界としての書物」という概念は、遅くとも一九八〇年代にパーマーが発表した作品においてはっきりと無効を宣告されていた。ところがその検証作業はそれで終わらず、以降のパーマー作品ではダンテ的な書物概念はさらに苛烈な批判にさらされることになるし、ついにはすっかり解体されてしまうことになる。そのことを確認するために、これからセプテンバー・イレブンの後に創作されたパーマーの詩篇「ことばたち」を分析することにしてみよう。

「ことばたち」は、二〇〇六年に出版された詩集『蛾の一群』に収録されている作品だ。「ガラスの骨を持つ鳥たち」（*CM* 47）という一行から始まるこの作品は、二〇〇一年に貿易センタービルに激突して砕け散った旅客機のイメージを想起させる。しかしやがてその詩行は、ダンテ的な書物概念をめぐる省察へと移行していくのである――

The book lying open in the light,
the book with mottled spine,

all possible information inside:
Riemann hypothesis resolved,
the zeta and zeros, entry 425;
The Paradox of the Archer
on the succeeding page;
the lost language of moths
a little further along.
Slow wing beats of owls
down the book's corridors.（*CM* 47）

光をあびているひらかれた本
背に斑紋の浮いた本
ありうる情報はすべてそのなかに――

解き明かされたリーマン予想
ゼータにゼロ、第四二五項

つぎのページには
射手のパラドックス

もうすこし先には
うしなわれた蛾の言語

本の回廊にひびきわたる
フクロウのゆっくりとしたはばたき

「ありうる情報」のすべてを内包するこの書物は、クルツィウスが讃えた聖なる神の秩序を現す装置を示しているのだろうか。あるいはそうかもしれない。だがいずれにしろ、染みと思しき「斑紋の浮いた」背を持つこの本のコンディションは、とても良好とは言えないだろう。この事実から、本来なら聖なる統一性を顕示して然るべきこの書物の権能に、既に翳りが生じていることが見てとれる。

そしてそういった認識は、我々読者がこの本の内容物を一覧していく過程の中で、確実に裏付けられていくことになる。まず数学上の難問として知られる「リーマン予想」の解法が見出される。だがやがて「つぎのページ」に収録される内容として、いわゆる「射手のパラドックス」が現れるのである。よく知られているように、ストア派の哲学者ゼノンは、「射手が放つ矢が的に到達するためには無限に分割されうる中間点を通過していかなければならないので、有限な時間内に矢が的に到達することはありえない」（Benson 13）と説いた。この無限遡及的な論法に従えば、どんな問いであれ、それが最終的な答に到達することはありえない。こうして既出のリーマン予想の解法は打ち消されてしまい、以降のページにおいて現れる諸例においては、確定性より不確定性の方が顕著になってくる。「蛾の言語」は既に「うしなわれた」特定不能の言語だし、叡智を司るフクロウのはばたきも「回廊」のどこかへと消え去ってしまう。

このようにして累乗的に高まった不確定性は、ついにこの詩の最終部でピークに達することになる。以下にその詩行を引こう。

They seem to follow us, the fires,
as page follows page.
The bones, the birds, the glass, the light, the primes;
book, words, zeros, fires, spine.（*CM* 47）

みながわたしたちを追うようだ、炎が
ページがページを追うように。

無数の骨、鳥たち、ガラス、光、素数――
本、ことばたち、ゼロ、炎、背。

この引用を、例えば『神曲』「天国篇」第十二歌に現れる次の詩行と比較してみたら、どんな差異が見出されることになるだろうか――

わたしははっきりと断言する、我らの書物を一枚また一枚と
繰りながら調べる者は、「我はありし昔のままの我なり」
と読むことのできるページを今も見出すであろうと。（*Par.* 12. 121-23）

聖者ボナヴェントゥーラの言葉を示すこの三行中では、書物はフランチェスコ修道会を示しており、そのページは修道士を指している。確かに修道会という書物の堕落ぶりは目に余るものがあるが、注意深くそのページを「一枚また一枚」と繰りさえすれば、「我はありし昔のままの我なり」と胸を張って宣言できる清廉な修道士たちをいまだに見出すことができる――そのように述べるボ

ナヴェントゥーラの言葉は、揺るぎない確信に満ちている。

　ではひるがえってふたたびパーマーの詩行に目を落とすと、我々は何を目撃することになるのだろうか。ここでも書物の「ページ」は、「一枚また一枚と」繰られることになる。しかしこの書物のどこにも、「我はありし昔のままの我なり」と高らかに宣言するために必要な確固たる同一性は見出されない。引用一行目の「みな」はこれまで列挙されてきた書物内の諸事物と解されうると同時に、同行の「炎」であるとも解されうる。しかもこの「炎」は、直前の名詞「わたしたち」と同格の関係にあるとも解されうるのである。これほどまでに不安定化されたページの影響をこうむってしまえば、書物はもはや統一体としての秩序を維持することさえできなくなってしまうだろう。

　こうしてダンテ的な書物はこの詩の最終連において徹底的に破砕され、解体されることになってしまう。我々の目前に散らばるのは、センテンスもフレーズも構成しえないバラバラの名詞群だ。まさにそれらは、もうこれ以上微分することができない欠片と化した「素数」のような言葉でしかない。そういった言葉の一つとして「本」という単語はかろうじて残ることは残るようだが、これはかつてダンテが実現した神聖な秩序を表象する書物などではなく、言わばただの本にすぎない。それどころか、そこに記されていた言葉は四散し、その「背」も本体から外れてしまっている。このように読み解いてみると、この詩は両義性という凄まじいテロリズムの破壊力によって粉砕されてしまった我々の世界＝書物に対するエレジーであるかのように見えるだろう。

　しかし、それにもかかわらず――ここまで進めてきた分析を敢えて自ら転倒させてしまうかのような指摘をここで許していただくならば――この詩篇はどこかしら救いらしきものも控えめに示してはいないだろうか。例えば最終連の「素数」は、語義的にも「重要なもの」を示しうるし、かつてマルセル・デュシャンが探究を試みた理想言語の最小単位としての「素語」(prime words)をも想起させる。*6 それに末尾の spine は本来「脊柱」を意味する言葉でもあるから、我々の世界を支える新たな根幹の出現が、最後にさりげなく暗示されていると見ることさえできなくはない。こういった要素まで考慮に入れたうえでこの作品を捉えるならば、これはエレジーであると同時にアンチ・エレジーでもある詩篇としての姿を現すことになるだろう。この点から言っても、詩篇「ことばたち」は、徹頭徹尾過激化したダンテ的な両義性に貫かれた作品なのである。

「アフター・ダンテ」のパラドックス――「ダンテ以降」あるいは「ダンテにならって」

以上のようにパーマー作品を読み解いてみると、ダンテとパーマーの関係は極めてパラドクシカルな様相を呈していることが見て取れるだろう。明らかにパーマー作品はクルツィウスが指摘した『神曲』的な書物概念に対しては苛烈なまでに批判的だが、その批判が遂行される際に生じる言語の両義性は、他ならぬ『神曲』にこそ淵源を求めうる要素なのである。この意味において、パーマーは「ダンテ以降」に出現した反ダンテ的な詩人であると同時に、「ダンテにならって」創作に挑む親ダンテ的な詩人でもあると考えられる。まさに彼は、文字通り「アフター・ダンテ」(After Dante)のパラドックスを生きる詩人なのである。

二〇一〇年代以降のパーマーは、上述のようなパラドックスがさらに過激化していることを窺わせる詩篇を発表している。その一例として、二〇一一年に出版された詩集『スレッド』所収の作品

「ダンテにちなむ断片」（"Fragment After Dante"）の、冒頭から十一行目までを以下に引こう。

And I saw myself in the afterlife of rivers and fields
among the wandering souls and light-flecked paths.

There I was amazed to find
the damned and the innocent

commingled so, torturers and victims,
masters, sycophants and slaves

idling arm in arm, chatting
about nothing, about the fullness and ripeness

of nothing, the pleasures of the day
and of the hearth fires to follow

in the evening calm.（*Thread 34*）

するとわたしは川がながれ野原がひろがるあの世で
迷える魂と光の斑紋がうかぶ小道のさなかにいた

そこでは驚いたことに
呪われた者と無垢な者が

そんなふうにまじりあい、拷問する者とされる者
師匠、太鼓持ちに奴隷どもが

仲よく腕をくんでぶらぶらし、くだらない
話をしたり、無の

充実と円熟について話したり、その日楽しかったことや
おだやかな夕べにともされる

暖炉の炎について話したりしているのだった。

冒頭七行ほどを初めて目にした読者は、いささか眩惑に似た感覚を味わうことになるのかもしれない。一行目の「川がながれ野原がひろがるあの世」という光景からすると、あるいはこの「あの世」とは「煉獄篇」後半に現れる「地上楽園」なのだろうか——だがそう断定するために必要な決め手には、どうやら欠けているようだ。すくなくともそれに続く描写から推察する限り、ここは純然たる「煉獄」ではないし、ましてや「天国」でもないらしい。詩中に広がる世界はいくぶん「地獄」めいた様相も垣間見せてはいるのだが、そこでは「呪われた者」や「太鼓持ち」たちが、「無垢な者」や「師匠」たちと肩を並べている。となれば、ここで提示されている光景は、整然とした階層構造からなる神的な秩序の世界というよりは、むしろ清濁が合い乱れる混沌とした現世の反映ではないだろうか。ダンテ的な目撃者として現れる詩中の「わたし」は、拷問者と犠牲者が共存するパラドクシカルな世界、すなわち我々の暮らす「この世」を映すあの世を目の当たりにしているわけである。

しかもこういったパラドックスは、七行目から九行目にかけての詩行において、さらに鮮やかな両義性を我々読者の目前に差し出すことになる。慣用句の chatting about nothing は「くだらない話をする」ことを意味するにすぎないが、the fullness and ripeness というフレーズは、むしろ「無」によってこそもたらされる「充実と円熟」を意味することになる。つまり nothing という語の示す「無」は、くだらぬものであると同時に豊かなものでもあるのだ。

そしてこのような両義性の発現は、この詩篇の末尾三行において、さらに驚くべき事態を導き出す——

And I saw myself struggling to wake,
howling and foaming like a dog,
biting at empty air.（*Thread 34*）

そしてもがきながらなんとか目覚めてみれば
わたしはまるで犬のように吠えながら泡まで吹いて
虚空に喰らいついていたのだ

なんとここでは、語り手の「わたし」自らが、悪夢から目覚めようとする際に獰猛な犬の姿へと変身してしまうのである。この「虚空に喰らいつ」く犬の描写は、エズラ・パウンドの連作詩篇「ヒュー・セルウィン・モーバリー」に現れる一行を踏まえているし、さらに言えばパウンドが踏まえたオウィディウスの『変身物語』に現れる猟犬のイメージにも由来している。[*7] かつて「地獄篇」第二十五歌を綴ったダンテは、蛇に転ずる亡者と亡者に転ずる蛇の凄まじい変身の様を描き出す際に、オウィディウスとルカヌスの詩行を巧みに踏まえてみせることによって、彼ら先行世代の詩人たちとの技比べを行ってみせた（*Inf.* 25. 94-102）。ちょうどそのようにして、今パーマーも、オウィディウス、パウンド、そしてもちろんダンテとの技比べを行ってみせているのである。それにしても、変身の観察者であるはずの「わたし」自らが突然「犬」へと変身してしまう様は、まったく壮絶という他ない。

しかも「ダンテにちなむ断片」における技比べは、単にパーマーがダンテと詩的技巧の優劣を競う試みであるというよりは、むしろダンテ的な両義性のラディカリズムを本格的に発動させるための企てである。この点についても付言しておくために、最後にもう一度「虚空に喰らいつく」という末行のイメージに触れ直しておこう。かつての『変身物語』においても「ヒュー・セルウィン・モーバリー」においても、「虚空」はあくまでも文字通りの不毛な空間としてのみ提示されていた。だが既に確認したように、「ダンテにちなむ断片」においては「無」は「くだらぬもの」であると同時に「豊かなもの」でもあるのだから、最終行に示される「虚空」も、虚しさだけではなく逆説的な豊かさをも示すことになる。したがってパーマーの綴った末尾の一行は、単なる先行世代の詩人たちによる詩行の引喩を超えた、さらなるパラドックスを体現することになるのだ。このパラドックスこそ、ダンテ的な両義性が最大限に過激化された結果出現したものであることは、もはや指摘するまでもあるまい。

既にこれまでの分析結果から判明したように、『神曲』が体現する書物概念を根底的に突き崩す力は、当の『神曲』内部に偏在する両義性の爆発的な活性化によって生じる。かつてのニュークリティシズムにおいては、ダンテの多義性は、既述の「意味の四つのレベル」にしたがって整然と分類されうるものとして捉えられていた。しかしパーマーが認めるダンテの両義性は、むしろそういった階層的な意味の秩序を粉砕する力に満ちている。それは多義性へと劇的に増幅することによって、統合体としての世界＝書物を容赦なく解体する同時多発的な破壊力をもつようになるのである。この点から言っても、パーマーは拙論冒頭で触れたボルヘスやダンカンと軌を一にする『神曲』理解を示している。そしてさらに述べるならば、彼の抱くダンテ像は、「ダンテは生まれつき意味を動揺させる者であり、イメージの統一性の破壊者である」（Mandelstam 416）と喝破した、あのオシップ・マンデリシュタームのダンテ像とも相通じているのである。かつてニュークリティックスたちが作り出したダンテ観が保守勢力公認の正統的なトラディションに属するとすれば、マンデリシュターム－ボルヘス－ダンカン－パーマー等が形成するダンテ観は、それとは一線を画するカウンター・トラディションを形成していると言えそうだ。

だがそれにしても、なぜパーマーは、穏健な守護者としてのダンテではなく、わざわざ不穏な破壊者としてのダンテを詩的対話の相手に選ぶ必要があるのだろうか。最後にこの疑問に対する答を求めておこう。以下に引くのは、彼がダニエル・ケインのインタビューを受けた際に自身の詩論について語った一節である。直接『神曲』を念頭においてなされた発言ではないが、パーマーのダンテ理解を把握する上では有効な資料となるだろう。

言語の領域はけして完全に安定化することなどありませんから、それは常に大いなる危険と大いなる詩的可能性の両方の源となっています。詩それ自体は、単なる韻文や技巧の如才なさなど凌駕するものなので、それは危険な場所でもあれば、足を滑らせかねない重層的な場所でもあるし、旋律《メロス》の非合理的な要請が生まれる場所でもあります。したがってそこでは、常に根底に潜む「無」が表面上にあるものと密接な関係を持っています――言わばそれは、恣意的なものと必然的なものが、ありうるものをめぐって熾烈な駆け引きを展開する場所なのです。(Kane 143-44)

パーマーがダンテの示す「大いなる危険」に共鳴するのは、それが「大いなる詩的可能性」と不可分であるからに他ならない。そもそも「詩それ自体」というものは、毒にも薬にもならないただの小ぎれいな「韻文」などではなく、常に危険と隣り合わせの場所なのである。そこでは詩人は安全を確保された暢気な傍観者としてふるまうわけにはいかないので、運が悪ければ、自ら犬に変身させられてしまう羽目にも陥ってしまう。しかしこのようなリスクを引き受けるからこそ、詩人は「ダンテにちなむ断片」において我々が見出したような「無」のパラドックスに邂逅することができるのだし、「恣意的なものと必然的なもの」がかわす「熾烈な駆け引き」を目撃することもできるのではないだろうか。書物概念の解体以降に「ありうるもの」を探り当てようとする詩人は、それ相応のリスクと無縁では到底ありえない――時空を超えてダンテとパーマーは対話を交わしつつ、共にそう断言している。

第二章　「神秘的なもの」を示す言語ゲーム

——「開くドア」を探す詩人の誕生

ベトナム戦争と『円状門』

時代はベトナム戦争だった——パーマーの『円状門』を読み進める際には、その事実を忘れるわけにはいかないだろう。この詩集が出版された一九七四年には戦争は既に終結していたものの、アメリカ社会に対するその影響は、まだとても名残などとは呼べないほどに色濃く残っていた。それに、そもそも『円状門』自体が、戦争の激化した一九六〇年代半ばから終戦に至るまでの間に詩人が歩んだ創作過程から生まれた一冊なのである。事実、パーマー自身も一九九四年に行われたインタビュー中で、この作品集が「ベトナム戦争のさなかから生まれた」（Gizzi 167）ことを積極的に認めている。またそれを遡る一九九一年に行われたインタビュー中では、彼はさらに踏み込んでベトナム戦争について語っており、ハーヴァードの一学生として自らが過ごした六〇年代を次のように振り返っている。

一九六四年頃には、わたしたちはもはや疎外された実存主義者であることは許されないということに気づいていました。凄惨な出来事が進行していたからこそ、わたしたちはそれを分析し対応せねばならなかったのです。六四年頃に、わたしはベトナム戦争をめぐる研究会を友人たちと組織し、欺瞞の泥沼や虚偽の言語を切り抜ける手立てを探り始めました。当時のわたしは、記号の研究と世界の研究は概ね一致していると思っていたのです。記号はただの形式的な道具ではありません。ロシアのフォルマリストたちも知っていたように、それは世界の現状を示すものでした。
(Gardner 2: 274)

言うまでもなく、一九六四年はリンドン・ジョンソンの政権がトンキン湾事件という口実を得て本格的な北爆に乗り出した年であり、これ以降ベトナム戦争はとめどなくエスカレートしていくことになる。そんな時代状況を肌身で感じていた若きパーマーは、もはやぬくぬくとアメリカの中産階級的な圏域に疎外されたままでいるわけにはいかないと判断したわけである。ここで注意しておきたいのは、彼が「凄惨な出来事」に対峙するために選択した方法だ。結論から言えば、彼はたとえば反戦デモを組織したり反戦詩を書いたりする方向へは進もうとはしなかった。むしろパーマーは、直情的に反戦のメッセージを発することではなく、ベトナム戦争という現状にまつわる諸言説を「分析」することを試みたのである。声高に反戦を唱えるよりも、むしろ「欺瞞の泥沼や虚偽の言語」の実態を暴くこと――要するにそれが、詩人として彼が採用した方法だった。

詩が権力に対して遂行しうる二種類の抵抗

ともあれ、見方によっては、上述のような詩人の姿勢はだいぶ迂遠に映るかもしれない。実際の話、現に進行しているベトナム戦争に対する本能的な嫌悪感を表明し、戦争反対の声を朗々と発することのほうが、よほど「分析」などよりも直接的な効力をもつ行為であるように見えるだろう。だがそのような行為に及ぶ際の発話者の言説は、ともすれば、あまりにも自己礼賛的で排他的な視点に基づきがちなのではないか。そしてそのような言説は、戦争を推進する権力者側の言説に対抗するどころか、むしろ表裏をなすに過ぎないのではないか。いや、それだけならまだしも、最悪の場合にはさしたる自覚もないままに、現状に加担してしまうことにさえなってしまうのではないだろうか。[*1]

およそそういった疑念を抱いたからこそ、パーマーは、ベトナム戦争をめぐって構築された虚偽のネットワーク[*2]の検証に着手することになった。ここでそのネットワークの構成要素を一つ一つ挙げていけばきりがないが、ひとまず虚偽の一例に触れておくために、一九六七年にジョンソンの命を受けたロバート・コマーが推進した「平定計画」(Pacification Program)を想起しておこう。表向きは「ベトナム村民の心をつかもう」という友好的なスローガンのもとに展開されたこの計画の中身は、実は南ベトナム現地民の強制移動と、いわゆる「ベトコン」の抹殺だった。つまりそれは、「平定」とはかけはなれた非人道的な殲滅作戦だったのである。[*3]こういった事例を確認したパーマーは、権力体制によってグロテスクに歪められた記号と意味の関係に注目することになる。

そんな折に、彼がルートヴィヒ・ウィトゲンシュタインの著作と出会ったことは、運命的な出来事だった。冒頭で引いたガードナーとのインタビューによれば、パーマーがこの哲学者の著作に本格的な関心を抱きはじめたのは、ベトナム戦争の動静と共に「記号論や言語哲学」の新展開が注目を集めていた六〇年代半ばのことだった（Gardner 2: 274）。また一九八六年に行われた講演「対抗詩論と現在における実践」中でも、彼は上述の「平定計画」を想起しながら「言語の指示機能の脆弱性」（*AB* 253）について語っており、そういった脆弱性を日常言語の根底的な分析によって暴き出した哲学者としてウィトゲンシュタインの名を挙げている。これらの点から判断すれば、おそらく既に若き日のパーマーも、「世界の現状」に迫る探求者のモデルをこの哲学者に見出していたと推測できるだろう。無論彼は詩と哲学を履き違えるほどナイーヴな詩人ではなかったにしろ、確かにウィトゲンシュタインによる思索と自らの詩作が響きあうことを察知していたのである。

つまりこういうことだ。かつてウィトゲンシュタインが『哲学探究』中で喝破したとおり「言葉の意味とは言語の中におけるその言葉の使用である」（49）とすれば、まさにジョンソンやロバート・マクナマラたちは、言葉を巧妙に使用することにより、虚偽を生成する精巧な言語の体系を作り出してみせた。そして現実にその体系の中では、「平定計画」という言葉がベトナム村民に対する過酷な迫害を隠蔽するために使用されたし、「自由」や「民主主義」といった言葉も大量殺戮を正当化するための方便として使用されたのである。こうして言葉は権力側の意のままに操られうる危険極まりない道具へと化すことになったのだが、パーマーはこの点を十分認識したうえで、なおも詩人としてこの道具を使用する道を選んだ。なぜならば、彼は言葉というものの危うさこそが、逆に新たな詩的抵抗を可能にするはずだと見抜いていたからである。

そしてこの抵抗については、パーマーは大別すれば二種類の実践方法を想定していたと見ることができる。一つ目は、「言葉の使用」によって事実を隠蔽するのではなく、むしろ逆にそれを暴き出そうと試みること。換言すれば、これは不安定で危うい言葉を逆手にとって操作することにより、権力者たちが巧妙に隠匿した事実を明るみに出す試みである。そして二つ目は、言葉の「意味」あるいは「情報」を形成する論理そのものに対する抵抗を実践することである。こちらの可能性については、パーマー自身がジョルジョ・アガンベンの思索に触れながら語っている。以下にそれを引こう。

イタリアの哲学者ジョルジョ・アガンベンは、「詩における非知」を提唱しています。詩が知っていることとは、まさにある種の非知なのです。そしてそれは、単なるロマン主義的な否定性や断念を指すわけではありません。それは、権力が物事に対して合理性を強要したり知識を抑圧したりする際に用いる理詰めの言説に対して、抵抗するための特殊な領域なのです。そして詩は、「抒情詩」でさえ（この呼称を極めて広い意味で「個人的な」詩であると規定し、さらにこの規定を極めて広い意味で捉え、今アメリカではびこっている「ちっぽけな自分」に拘泥した抒情詩とは一線を画す限りにおいて）、抵抗と批判を遂行する力をもっているのです。（Gizzi 169）

どうやらパーマーが念頭においているのは、アガンベンが『言語活動と死』[*4]中で展開している詩論であるらしい。同著中でこの哲学者が主張している説によれば、詩は「言語活動という出来事の語りえなさ」を希求すると同時に、希求されるその対象がけして「発見されえないもの」であることを逆説的に「発見する」のだという（*LM* 97）。つまり詩というものは、けして知りえないもの、知的な情報として消費されえないものを出来せしめる言葉の装置だというわけである。おそらく『論理哲学論考』におけるウィトゲンシュタインならば、このような詩の「非知」的な要素は、論理空間に収まらないがゆえに我々がそれについて「語りえないもの」であり、ただそれ自体が自らを示す瞬間に対峙するほかないものだと述べることだろう。したがって、ウィトゲンシュタインの用語を借りて要約すると、それはまさに「神秘的なもの」（das Mystische）だということになる（148）。このように論理体系によっては「発見されえないもの」を詩が示すことができるとすれば、それが権力の行使する「理詰めの言説」に対する強力な「抵抗と批判を遂行する力」となるであろうことは、もはや言うまでもあるまい。

以上のようにパーマーは、詩が権力に対して遂行しうる二種類の抵抗を認めているわけだが、このうち「言葉の使用」に関わるものはどちらかと言えば中期から後期にかけてのウィトゲンシュタイン的であり、「神秘的なもの」に関わるものは前期ウィトゲンシュタイン的であると目されうるかもしれない。一般的には、写像理論及び論理的原子論をめぐる省察を行った前期ウィトゲンシュタインと、いわゆる「言語ゲーム」をめぐる分析を展開した中期以降のウィトゲンシュタインとの間には、大きな懸隔があると考えられている。[*5] だが『円状門』におけるパーマーは、それらの両方を結ぶ詩的実践に着手したと考えることができそうだ。それを確認するために、これから『円状門』所収の連作「茶色本」に焦点を合わせることにしてみたい。

ウィトゲンシュタインの『茶色本』とパーマーの「茶色本」

『円状門』は、書物という形式自体を極めて戦略的に用いている。全一三四ページからなるこの詩集は、順に「茶色本と反理解の書物」、「連作」、「円状門」そして「中国の時間」の計四部によって構成されている。[*6] そしてこのうちの第一部は、そのタイトルからも察せられるように、さらに「茶色本」と「反理解の書物」の二章に分割されている。しかもその前者の「茶色本」（"The Brown Book"）というタイトルは、茶色のカバーで装幀された文字通りの茶色本であるこの詩集自体のたたずまいと、完全に一致しているのである。ではなぜこれほどまでに、この詩集においてはそういった呼応が強調されているのだろうか。

もちろんそれは、パーマーがウィトゲンシュタインの『茶色本』（*The Brown Book*）を念頭におきながら、この詩集に収められる作品群を書き進めたからである。ウィトゲンシュタイン中期に含まれるこの書が『円状門』の参照対象となったのは、おそらくそこで行われている「言語ゲーム」をめぐる省察が、詩人の強い関心を引いたからだろう。ちなみにこの用語自体は『茶色本』に先立つ『青色本』中に既に現れているし、後の『探究』を繙けばそれをめぐるさらに本格的な検証過程をたどることができる。それでも敢えてパーマーが『茶色本』に焦点を当てたのは、彼がたとえば次のような同著中の一節に強く反応したからではないだろうか——

わたしが言いたいのは、文章を理解するという時に起こっていることが、楽曲を理解するという時に実際に起こっていることに、一見するよりはるかによく似ているということなのである。なぜなら、文章を理解するとは、〔楽曲の場合と同様〕その文章の外にある現実に眼を向けることだからである。それなのに人は、「文章を理解するとはその内容を把握することであり、文章の内容はその文章の中にあるのだ」と言ったりするのだ。（267）

我々がなんらかの楽曲を鑑賞する際に鑑賞の主たる対象となるのはもちろんその楽曲だが、その楽曲自体のみを純粋に鑑賞することはありえない。なぜならば楽曲もその演奏者もその鑑賞者も、常に鑑賞という行為が行われる時と場の影響下にあるからである。ちょうどそれと同じように、言葉の意味もその言葉の内部において完結しているのではなく、その言葉の「外にある現実」の力学的な影響を被ることによって生成しているはずだ。だからウィトゲンシュタインは、同じく『茶色本』中で次のようにも述べるのである――「『ある言葉を理解する』という言い方で我々が語るのは、必ずしも我々が話したり聞いたりしている間に起きることのみではなく、その言葉を発するという出来事を囲む環境全体のことでもある」（251）。やはり言葉の意味は、それが発せられる「環境」との関係を抜きにして解釈されることはありえないのである。

話をパーマーに戻せば、『円状門』に収められた詩篇の「外にある現実」は、当然ベトナム戦争やそれを経験した（あるいはいまだに経験しつつある）アメリカ社会をも指していたはずである。そのような「環境」において成立した詩篇であることを念頭に置きつつ、「茶色本」冒頭に現れる詩篇「（……のために）」（"for..."）をこれから分析してみよう。

「(……のために)」における言葉の使用と「神秘的なもの」の出現

まずは連作「茶色本」の全体に付されたエピグラフとともに、詩篇「(……のために)」の全行を以下に引用する。

> But do we interpret the words
> Before obeying the order
> —The Brown Book

for…

This is difficult but not impossible: coffee
childhood; in the woods there's a bird;
its song stops you and makes you blush
and so on; it's her
small and dead behind the roses
better left alone; we wander around the park
and out of our mouths come blood and smoke

だが我々は命令に従う前に
言葉を解釈しているのか
――『茶色本』より

and sounds; small children and giants
young mothers and big sisters
will be walking in circles next to the water（*CG* 11）

……のために

これは困難だが不可能ではない――コーヒー
幼年時代　森のなかには鳥が一羽
その歌のせいできみは足を止め　赤面する
などなど　あの娘だ
小さくて　薔薇の茂みの後ろで死んでいるのは
放っておいたほうがいい　我々は公園を一回りする
すると我々の口から血と煙が噴き出す
それに響きもだ　小さな子供たちと巨人たち

うら若い母たちと姉たち
は海辺で円を描きながら歩み続けるだろう

最初にエピグラフについて考えてみよう――「だが我々は命令に従う前に／言葉を解釈しているのか」。パーマー自身が記しているようにこのフレーズはウィトゲンシュタインの一節に由来しているわけだが、ここにベトナム戦争というこの詩の「環境」を読み込んでみれば、はっきりと見えてくるものがある。それは、アメリカ政府が国民に向けて発信する「命令に従う前に」、その命令の言葉を「解釈」することはできないのかと問うている詩人の姿だ。極右勢力によって張り巡らされた虚言を妄信せずに、むしろそこで使用されている言葉を分析することによって「世界の現状」を明るみに出すことはできないのか――おそらくそのような問いを詩人と共有できる読者こそが、この作品の世界へ踏み込む資格を有することになる。

そう考えてみれば、エピグラフに続いて現れるフレーズ「(……のために)」の機能も、ある程度は見えてくるだろう。ページ上に配された位置から推せば、ひとまずこれは、この短詩のタイトルの役割を果たしているかのように見える。だがその反面、小文字のままの前置詞一つと省略記号のみで成立しているこのフレーズは、単純なだけにひどく多義的であるし、多義的なだけにほとんど無題に等しい印象さえ与える。こういった点も考慮に入れると、どうやらこれは、正真正銘のタイトルそのものというよりは、むしろタイトルもどきのトリッキーな仕掛けであると見たほうがよさそうである。ともあれ、この仕掛けはまったくのはぐらかしというわけでもなく、すくなくともなにか消去されたものの「ために」この詩篇という装置が作り出されたことを暗示してはいるだろう。具体的になにがここで省略されているのかという点については、この短詩の本文を分析してから改めて検討しなおすことにしたい。

さて、本文については、既に批評家のロバート・コフマンが洗練された解釈を示しているので、まずはそれを確認しておこう。彼によれば、この作品は関連性を見出すことが「困難だが不可能ではない」組み合わせ(つまり「コーヒー」と「幼年時代」の併置)を最初に示すことにより、マドレーヌをひたした紅茶ならぬコーヒーが誘発する回顧的なモードを発動させる(明らかにここでコフマンが連想しているのは、プルーストの『失われた時を求めて』である)。そしてこの幼年時代の回想は、「ダンテの森と霊的な存在が宿る森にひびく」鳥の歌をめぐるノスタルジアへと移行する。ところがこのようなあまりにも型どおりな抒情的歌唱への憧憬は、パーマー作品においては批判の対象ともなるため、たちどころに詩行が嘲笑的な様相を帯びる——「その歌のせいできみは足を止め赤面する」。その結果、「薔薇の茂みの後ろで死んでいる」少女は、既に現代では完全に失効した過度にロマンティックで感傷的な主体を暗示することになる。するとその代わりに、苛烈なまでに「純粋なシュルレアリスム」のイメージ(具体的には、「血と煙」を吐き出す「口」のイメージ)が出来するのだというわけである(Kaufman 152-53)。ざっとこのように要約されうるコフマンの解釈には十分な説得力があるし、制度的な抒情詩のメカニズムに嫌疑をさしはさむパーマー作品の特徴を巧みに捉えているとも考えられるだろう。

ただしその反面、コフマンの分析の焦点は主にこの短詩の前半から中盤に置かれているため、後半中にはまだ解決していないフレーズがいくつか見受けられる。そこでこの詩をさらに新たな視点から読み解くために、ここで一つ新たな手がかりを示しておくことにしたい。実はパーマーによる詩篇「(……のために)」本文の大半は、アルチュール・ランボーによる散文詩集『イリュミナシオン』所収の詩篇「大洪水のあとで」と「子供のころ」に含まれる詩行を英訳し、さらにそれらをサンプリングすることによって構成されているのである。[*7] それがわかるように、これから「(……のために)」を分析してみよう。以下にふたたび引く本文では、角カッコ(〔〕)内は「大洪水のあとで」、すみつきカッコ(【】)内は「子供のころ　Ⅰ」、山カッコ(〈〉)内は同Ⅱ、そして二重山カッコ(《》)内は同Ⅲからの引用をそれぞれ指しており、それらすべての引用がイタリックで示されている。

This is difficult but not impossible: 〔*coffee*〕
【*childhood*】; 《*in the woods there's a bird;*
its song stops you and makes you blush》
and so on: 〈*it's her*
small and dead behind the roses〉
better left alone; we wander 〈*around the park*〉
and out of our mouths come 〔*blood and*〕〔*smoke*〕
and sounds; 【*small children and giants*】

【*young mothers and big sisters*】

will be【*walking in circles*】【*next to the water*】

このようにランボーを踏まえたフレーズを特定してみると、パーマーが『イリュミナシオン』に含まれる言葉をきわめて周到に「使用」していることが見て取れる。たとえば、「子供のころⅡ」から引用された「あの娘だ／小さくて　薔薇の茂みの後ろで死んでいるのは」というくだりは、ただちにパーマー自身のフレーズ「放っておいたほうがいい」に追尾されることにより、さしずめ「死者の隠蔽」を示す暗号へと化している。直接的な言及とまでは言えないにしろ、これはベトナム戦争時にアメリカ軍が一般ベトナム市民の犠牲を隠蔽しようとしたことと照応しているのではないだろうか。一例を挙げれば、一九六八年にアメリカの陸軍小隊がソンミ村の住民を虐殺した際には、軍上層部がこの不祥事の発覚を恐れて隠蔽を図った（Daven 279）。結局この事件は約一年後に暴露されることになるのだが、すくなくともそれまでは、犠牲者たちはまさに「放っておいたほうがいい」死者として「茂みの後ろ」に葬り去られていたわけである。

そしてテクストとその「外にある現実」のさらに直接的な照応を示すフレーズが、七行目から八行目にかけて現れる――「すると我々の口から血と煙が噴き出す／それに響きもだ」。もともとランボーの「大洪水のあとで」中に現れていたフレーズは「血とミルク」であり、その組み合わせは新世界の創造と殺戮の後に育まれる生命の血潮と滋養を暗示していた。ところがパーマーは、またしてもランボーの言葉を異種交配させることにより、「血と煙」というひときわ不穏なフレーズを作り出してみせているのである。それによって生じる奇怪なイメージは、確かに先述のコフマンによる指摘どおり「純粋なシュルレアリスム」を思わせるかもしれないが、純粋なリアリズムをも強烈に反映しているはずだ。なぜならば、「血」、「煙」、そして「響き」が「噴き出す」場所とは、まさしく現実の戦場に他ならないからである。ここから同時代のベトナムを連想しないことは、むしろ難しいに違いない。

一方、右のようにテクストとそれをめぐる「環境」との相互作用から鮮やかな意味が生成される例と比べると、この詩篇の末尾三行はむしろ不可解である。もちろん先の引用を一見すればわかるように、明らかにこれらの詩行は、概ね「子供のころ　I」から抽出されたフレーズの再編によって成立している。だがそれにしても、いったいこれらは我々読者に対して何を示しているのだろうか。

ひとまず手がかりとなるのは、やはりランボーによる原作との相違点だろう。たとえば「うら若い母たちと姉たち」はもちろん「子供のころ　I」にも現れるのだが、そこではこのフレーズには「巡礼の想いにあふれたような眼差しをもつ」という形容詞句が付されている。ところがこのような具体的な描写はパーマーのテクスト内ではぶっきらぼうに削除されているため、「母たち」や「姉たち」の登場は極めて唐突な印象を与える。また「小さな子供たちと巨人たち」というフレーズも、「子供のころ　I」中では女性群像の構成要素であることがわかるのだが、パーマーの引用ではそういった情報がすっかり剝奪されてしまっている。その結果、このフレーズももともとランボーの詩句に宿っていた眩惑的な要素をさらに増幅させているのである。

このようにして比較してみると、パーマーが末尾三行において、ランボーの言葉を操作することによって「謎」を提示しようとしていることが見えてくる。そしてその試みは、最終行においてさらに徹底されることになるだろう。ここでパーマーが「円を描きながら歩み続ける」(walking in circles)と訳している部分は、ランボーの原文中では tournoient(不定形は tournoyer)なので、原語を逐語的に訳せば「旋回する」あるいは「くるくる回る」といったところになるはずである。他方、むしろちょっとした歩行のニュアンスを原文のコンテクストから汲み取ることを選ぶのならば、tournoient を「ぶらつく」(stroll)、「歩きまわる」(walk around)、「そぞろ歩く」(promenade)などの意訳によって処理することも不可能ではない。[*8] こういった点から判断すれば、パーマー訳は逐語訳と意訳の両要素を統合することによって、円状の(つまり文字通り circular な)歩行運動を強調していると考えられる。そのねらいはもはや明らかではないだろうか。詩篇「(……のために)」の最終部において、パーマーはすわりのよい解答を読者に与えるのではなく、むしろ未解決の謎を示すために、堂々巡りの循環運動を惹起させている。その結果、ちょうどこの詩中の人物たちが行う奇怪な円環歩行に終わりがないように、この詩の解釈にも終わりがなくなるのである。

ウィトゲンシュタインは、「謎」の解決がこの時空に存在しないことを喝破した後に、語りえない存在を「神秘的なもの」と呼ぶことを選んだ。[*9] そのひそみにならっていえば、パーマー作品を読む我々は、確かに飽くことなく続けられる円環歩行によって示すしかない神秘と遭遇しているのである。したがって、この短詩に付されたタイトルもどきのフレーズ「(……のために)」は、文字通り「省略記号《エリプシス》のために」と読まれうることになるだろう。言葉によってはけして語りえないがゆえに、不可避的かつ絶対的な省略によって示さざるをえないもののために——つまりそれは、「『神秘的なもの』のために」と解されうるのである。

「散文二十二」と「神秘的なもの」を示す言語ゲーム

以上のように詩篇「(……のために)」を分析してみると、パーマーが既に述べた二種類の詩的抵抗を実践していることが見て取れる。巧妙に隠蔽されていた情報を「言葉の使用」によって露見させ、抑圧的な合理主義に抗う「神秘的なもの」に遭遇する契機をもたらす詩人の試み——それを可能にしているのは、やはり「言葉の使用」をめぐる中期以降のウィトゲンシュタイン的な実践と、「語りえないもの」をめぐる前期のウィトゲンシュタイン的な省察の双方である。このように前期から後期に至るウィトゲンシュタインの一貫性を発現させる場が詩であるとすれば、既に当の哲学者自身がこの点について充分自覚的であった。ウィトゲンシュタインは『断片』中で詩について次のようにきっぱりと断言している。

> 音楽の語り口。詩はたとえ情報伝達の言語を使用して書かれているとしても、情報伝達の言語ゲームにおいて使用されないということを忘れるな。(225-26)

是非ともここで留意しておきたいのは、必ずしもウィトゲンシュタインが「詩は言語ゲームにおいて使用されない」と述べているわけではないことである。むしろ彼は慎重を期して、詩は「情報伝達の言語ゲームにおいて使用されない」と語っている。単刀直入に言い直してしまえば、詩は「情報」ではなく「神秘的なもの」を示す言語ゲームにおいて使用されるのだというわけである。もちろん音楽同様に、詩も様々な情報を伴いつつ生成するものではあるだろう。だがこれも音楽同様に、詩は究極的には情報と一線を画す「非知」の要素を出来させてこそ、初めて詩へと化すのだ。このことをよく心得ていたウィトゲンシュタインは、友人宛の書簡中で詩人ルートヴィヒ・ウーラントの作品を賞賛しつつ、詩を成立させる要諦を極めて巧みな一行で要約している――「語りえないものを語ろうとさえしなければ、なにも失われはしない」(*Letters* 7)。事実、詩篇「…のために」は、語りえるものを可能な限り語ることを読み手に促している反面、「語りえないもの」を情報が征服したり蹂躙したりすることは断固として戒めていた。結局ウィトゲンシュタインにおいてもパーマーにおいても、神秘はあくまでも神秘なのであり、そこへ既知の触手が及ぶことはありえないのだ。

およそそういったことの証左となるような一篇の詩が、『円状門』所収のそっけなく「連作」というタイトルを付された連作中にも含まれている。「散文二十二」と題されたその作品の全行を、以下に引いてみよう。

Plan of the City of O. The great square
curves down toward the cathedral. The
water runs out into night where the patron

saint still maintains his loft. He enters
from the lower level and pulls up the ladder
after him. The women and children and
most of the old men spend their time painting
pictures of the ladder. The rest lay the
three kinds of stone or type the performance
for the eastern quarter. There the first
colony left its box-shaped mark. But
the sun always goes down in several places,
so the clocks serve as maps. And at the
end of the nearest mountain stands the
larger and less perfect box.（*CG* 42）

Oの都市の計画。大きな広場が
曲線を描きながら教会へと下っていく。まだ
守護聖人が上階を護っている夜へと水が
流れこむ。彼は下階から
入りこんでから梯子を引き上げて

しまう。女たちと子供たち
それにたいていの老人たちは梯子の
絵を描いて時を費やす。残りは
三種の石を置いたり東地区のための
典礼をタイプで記したり
している。そこに最初の
植民者たちが箱型の跡を残した。しかし
いつも太陽が数か所に沈むので
時計が地図代わりになる。そして
一番手前の山のふもとには
もっと大きくてもっと不完全な箱がそびえている。

ご覧のように、この詩篇は明らかに自由詩の形式をもっているにもかかわらず、詩人本人によって「散文二十二」と銘打たれている。いささか奇妙な話だが、同様の例は他のパーマー作品のいくつかにおいても認められるので、それについては次章で本格的に論じることにしておこう。さしあたりここでは、この詩篇が確かに散文的と呼ばれうる文体で書かれている点に注意を払っておきたい。実際の話、これらの詩行は行分けにこそされてはいるが、韻文ならではの文法的な破格などは含んでいないし、特殊な語彙の使用例を示しているわけでもない。それどころか、ちょうど英単語の「散文的」（prosy）が「単調な」あるいは「平板な」等の意味をもつとおり、この作品はただの単調で平板な叙景詩であるかのように表面上は見える。だが結論から言ってしまえば、「散文二十二」の核心は、散文的な情報伝達の可能性よりもむしろその不可能性を示すことの方にあるのだ。言い換えれば、それは敢えてスタンダードな語彙と文法のみに拠ることを原則としながら、どれだけ「情報伝達の言語ゲーム」から脱却できるかを探る試みとなっているのである。したがってこの詩篇は、日常言語の使用を通して「神秘的なもの」との遭遇を図る言語ゲームの一例だと考えられるだろう。

ともあれ、ここからはもうすこし作品の細部に近づいてみよう。冒頭に記されているように、「散文二十二」は文字通り「都市の計画」をめぐる覚書の様相を呈している。都市像と言えば、『探究』におけるウィトゲンシュタインもまた、言語を「路地や広場、古い家や新しい家、様々な時代に建て増しされた家々からなる迷宮」（25）になぞらえていた。このように空間的にも時間的にも多層的な言葉からなる言語観は、「散文二十二」の各部とかなり共鳴しあっているようである。ただし、すくなくともこれらのイメージを比較する限り、ウィトゲンシュタインよりもパーマーの都市像のほうが言語の非合理的な局面を大胆に強調しているようだ。そのことは、たとえば「夜へと水が／流れこむ」というフレーズ中で、具体的な流動物としての「水」が抽象的な時制概念としての「夜」をさりげなく侵犯していることからも察せられるだろう。どうやら既にこの段階において、パーマーは情報としての価値がまさに「0」となるような事件が起こる都市のことを想定しているらしい。

さしずめそんな都市の姿が特に後期ウィトゲンシュタインに対してオマージュとパロディーを呈するイメージであるとすれば、続いて詩中に現れる「梯子」をめぐる記述は、明らかに前期ウィトゲンシュタインに対してそれらを呈するイメージを含んでいるだろう。この部分は、次に引く『論考』末尾近くに現れるよく知られた一節の変奏と見ていい。

わたしを理解するひとは、わたしの命題を通り抜け――その上に立ち――それを乗り越え、最後にそれがナンセンスであると気づく。そのようにしてわたしの諸命題は解明を行う。（言わば、梯子をのぼりきった者は梯子を投げ捨てねばならない。）（149）

このとおり、ウィトゲンシュタインの読者は梯子を「のぼりきった」時点でそれを棄却するよう促されている。ところがパーマーの読者のほうはと言えば、梯子をのぼりきるどころか、ろくにのぼりもしない内から「守護聖人」（ウィトゲンシュタインの批判者としてのウィトゲンシュタイン？）によってそれを剝奪されてしまっているのである。その結果、「散文二十二」の読者は、『論考』に対して遠慮なく半畳を入れるかのようなフレーズを目撃することになるだろう。たとえばこの詩篇中では、「女たち」を始めとする都市の住民が梯子の「絵を描いて」いる様子が描かれている。これなどは、いわゆる「写像理論」に捧げられたオマージュ兼パロディーといったところではないだろうか。『論考』におけるウィトゲンシュタインは像を「現実のモデルである」（19）と規定し、そういった像が成立するためには、像とそれによって写されるものとのあいだに「同一のなにかが存在しなければならない」（20）と記した。しかしあいにくパーマー作品においては、肝心の梯子が目前から引き上げられてしまっているのだから、当然写像の作成者たちは写すべき対象を直接参照することはできない。彼らの描く絵が対象との間で十分に「同一のなにか」を共有する像となっているかどうかは、はなはだ疑わしいと言わざるを得まい。

そして上記のようなウィトゲンシュタインへの当てこすりを示した後に、いよいよこの詩篇は、「神秘的なものを示す言語ゲーム」の様相を深めていく。それに伴い、不可思議な要素が詩中のそこかしこに現れ出すことになるだろう。たとえば「三種の石」や「東地区のための／典礼」等といったフレーズはなんらかの儀式を連想させはするが、その内容はけして明かされぬままなので、必然的に秘儀性を帯びる。「数か所に沈む」という「太陽」や「地図代わり」の「時計」等も、時空概念を攪乱することによってますますこの「Oの都市」の謎を深めるに違いない。またさらに言えば、そんな不穏な状況の中で目撃される「箱型の跡」も、極めて「非知」的な要素に満ちている。なにしろそれを残したとされる「植民者たち」の身元も、痕跡を残すに至った事物の正体も、共に不明のままなのだから。

こうしてさまざまな謎の出現を目撃した我々は、ついに最終行において究極の謎を示す「箱」と出くわすことになる。もちろん、「もっと大きくてもっと不完全な」という形容詞句は、わずかなりともこの容器の正体を探る上で手がかりとなる情報を提供していると言えなくもない。だがそういった情報は、謎のありかへと読者の視線を導きはしても、謎の解自体を読者に対してさしだすことはけしてないのである。結局のところ、詩という言語ゲームにおいて焦点となるのは、あくまでも中身のいっさい不明な箱そのものなのだ。その存在は、散文的な情報の供給源としては既出の「箱型の跡」と比べても「もっと不完全」だが、だからこそ「もっと大き」な可能性をこの詩篇が宿すことを示している。そしてその事実が確認されると、作品「散文二十二」は「神秘的なもの」をありのままに残しきった状態で、静かに閉じられるのである。

「開くドア」を探す詩人の誕生

以上のように分析を進めてみると、連作「茶色本」中の「(……のために)」と連作「連作」中の「散文二十二」との間には、いくつか相違点があることが認められる。そのうちのもっとも顕著な点は、前者がベトナム戦争の諸要素を直接的に反映する言葉の使用例を窺わせているのに対して、後者はそういった例を(表面上は)窺わせていないことである。ただし、だからと言って「散文二十二」がテクストの「外にある現実」と無縁な作品であると断じてしまうのは、もちろん早計だろう。すくなくともこの小論中で取り上げた二篇のパーマー作品は、詩句を分析する読者が「神秘的なもの」と遭遇するようにプログラムされている点においては互いに共通しているし、この点については詩作品が読まれる具体的な状況との関係を抜きにして語ることはできない。最後にそのことについてすこしだけ付言させていただこう。

『円状門』における「非知」との遭遇の経験は、権力の行使する「理詰めの言説」に対する抵抗力を読者に与えてくれる。かいつまんで言えば、それがここで改めて強調しなおしておきたい点である。ベトナム戦争を始めとする戦争を正当化するために「語りうること」(あるいは「騙りうること」）を総動員して張り巡らされたものが虚偽のネットワークであり、それによって否応無しに包囲されてしまうのが一般市民であるとすれば、その市民の彼ないし彼女は、詩を通して「語りえないもの」に遭遇する際に鮮烈な覚醒を経験することが可能となるだろう。もちろんその覚醒は、巨大な虚偽のネットワーク自体を解体してくれるわけではない。だがすくなくともそれは、虚偽の一つ一つを見破るために必要な判断力を回復させてくれるのではないだろうか。

ちなみに右のような覚醒の経験については、パーマーは二〇〇七年に初来日を果たした際に、さらに踏み込んだ発言をいくつか残している。ここでは彼が早稲田大学で行った講演中の言葉を引いておこう。

一九六〇年代にある種の覚醒が起き、ベトナム戦争の混乱も訪れた際に、人々はようやく政府が課していた拘束の鎖を解こうとし始めました。わたしはその時代に生きつつ、そういった状況を潜り抜けるドアを懸命に探していたのです。ジョン・コルトレーンがこれと同じ比喩を使っていたことを覚えています。「インプロヴィゼーションのソロを行っている最中に、わたしはドアを探しているのだ、開くドアを探しているのだ」と彼は言っていました。（"Origins"）

この発言からも察せられるように、「ベトナム戦争の混乱」の時代は、正体の見えない抑圧者たちによってアメリカ市民一人一人の意識が襲撃され、強力に拘束される時代だった。だからこそ、覚醒を希求する人々が現れたのである。そのことを、パーマーは「ドアを懸命に探す」という印象的な比喩を用いて語っている。こういった点から考えても、彼はジョン・コルトレーンもさることながら、やはり「哲学とは言語によって魔法にかけられた知性に対する戦いである」(99)と言ってのけた『探究』の著者と一脈通じていたと判断できるだろう。言語によって麻痺させられてしまった人間の意識を、まさにその言語によって覚醒させること——困難だがけして不可能ではないそのプロジェクトに着手した若き日の詩人は、ウィトゲンシュタインというパートナーと共に「『神秘的なもの』を示す言語ゲーム」に挑みながら、確かに「開くドア」を探し始めていたのである。

第三章　潜勢力、言語、太陽
――パーマーとアガンベン

潜勢力としての言語とはなにか

マイケル・パーマーとジョルジョ・アガンベン。一九四三年生まれのイタリア系アメリカ人と一九四二年生まれのイタリア人。あるいはさらに端的に二人について述べれば、一人の詩人と一人の哲学者。彼らについてこれから語るために、まずは一つの事実を確認するところから始めてみよう。二〇一〇年の四月にシカゴ芸術学院で催された「神話の真実と生命――ロバート・ダンカンをめぐるシンポジウム」に招聘されたパーマーは、そこで「ロバート・ダンカンと幼児期の発明」という基調講演を行った。[*1] これはウィリアム・ブレイク、フリードリヒ・ヘルダーリン、ジェイムズ・ジョイス、ライマン・フランク・ボーム等を参照しつつ先行世代の詩人ダンカンの名作「ときどき草原へかえしてもらえる」[*2] を分析したいかにもパーマーらしい野心的な講演だが、そこで中心的に論じられているのが、アガンベンとダンカンの間に生じているいくつかの共鳴現象なのである。その跳躍的であると同時に明察的でもある分析の内容を完全にここで再現することはもちろんできないが、パーマーがアガンベンの内に見出したダンカンとの共鳴点の中でももっとも肝要な例が、いわゆる「幼児期《インファンティア》」をめぐる概念にあることはおさえておきたい。そのために、アガンベンが『幼児期と歴史』（一九七八年）のフランス語版に付した自序「言語活動の経験」（一九八九年）中の一節を、ここで引くことにしよう。

思考のランクというものが、それが言語活動の限界をどのように分節するかによって測られるとするなら、そのときには、幼児期の概念こそは、この限界を、口で言い表せないというありふれた概念とはちがった方向において思考しようとするこころみなのだ。じっさい、口で言い表せない、発表されない、というのは、いずれももっぱら人間の言語活動に内属するカテゴリーである。それらが言語活動の限界を画するどころか、その打破しがたい前提力を表現しているのであって、言いえないものというのは、まさしく、言語活動がなにものかを指示するために前提にしなければならないもののことなのである。逆に幼児期の概念は、ベンヤミンがブーバーへの手紙のなかで語っている、「言語活動における言いえないものの純然たる消滅」を達成した思考にのみ、接近可能である。言語活動が指示しなければならない、他にかけがえのないものというのは、言いえないものではなくて、最大限言いうるものなのだ。すなわち、それは言語活動という物そのものにほかならないのである。（3-4）

右の一節が示しているとおり、アガンベンにおける「幼児期」はかならずしも人間の成長における一過程を指しているわけではない。[*3]むしろそれは、端的に言えば「言語活動の無い状態」を示している。つまり言葉を口にすることができない状態だ。ただしその特徴をより正確に把握するためには、アガンベンの言語論におけるもう一つの主要概念である「声《ヴォーチェ》」[*4]のことも想起しておく必要があるだろう。たとえばある外国語の語りを初めて耳にした人間は、基本的にはその意味をまったく理解できないかもしれないし、一語たりとも話しえないかもしれない。しかしすくなくとも、自らが耳にしているものが意味をもった音素の連なりであることを察知できる可能性は残されている。「声」とはまさにこのような次元を指すのであり、したがってそれは動物的な響きと指示機能をもつ言語表現の狭間を示している。もちろんそういった状態における人間は、いまだに「言い表せない」感覚なり情動なりに埋没してしまっていると考えるのが、常識的な判断ではあるに違いない。ところがアガンベンは、むしろこのように能動的な言語活動の無い状態においてこそ、人間は真に言語を完全に話す潜在的能力を有しているのだと主張しているのだ。これが極めてパラドクシカルな主張であることは、敢えて強調するまでもあるまい。

　だがすこしばかり視点を変えて考えなおしてみさえすれば、それはまた当然のことでもあるのではないだろうか。たとえばある人間が任意の言語を用いて言説を組織するとき、その人間はありえたかもしれないその他の言語の属性をことごとく棄却することによって、自らの言説を成立させることになる。このように言説あるいは発言というものが本質的に極めて選択的であり限定的なものであるならば、そういった選択や限定が遂行される以前の状態である幼児期においてこそ、人間は言語を「最大限」に語りうる潜在的な能力を有していると考えられるだろう——もちろんその人間は、まだ実際にはなんら具体的な言語表現は獲得していないわけであるが。

「声」については、あるいはさらに角度を変えてこう述べてもいいかもしれない。つまりアガンベンは、それをエミール・バンヴェニストが想定していた「記号論的なもの」と「意味論的なもの」の閾に設定しているのだと。[*5]既に述べたように、ここで言う「声」は、幼児期の関連様式の一つである。それは文化順応によって「意味論的なもの」(発話や言説)に至ることもできるが、そこに至らないこともできる。そしてこれとはまったく逆に、意味を付与される以前の「記号論的なもの」(純粋な響き)に至ることもできるが、やはりそこに至らないこともまたできる。このように双方向的な可能性の間に生じる閾においてこそ、人間は「潜勢力《ポテンツァ》」[*6]としての言語を真に経験できるというわけである。もしこういったアガンベンの仮説を受け入れるとすれば、日常的なレベルのコミュニケーションにおいて人間が言葉を発する際には、意識していようとしていまいと、常に記号論的なもの/意味論的なものの閾(それはまさにこの「/」そのものである)を通過していることになるだろう。アガンベンは、ふだんは単にやり過ごされがちなこの閾においてこそ、人間は「言いえないもの」のいっさいない言語を経験できると主張しているのである。

さて、このあたりでそろそろパーマーの講演に話を戻すことにしてみよう。およそ以上のような哲学者による言語観を、詩人は「眩暈に見舞われるようでいかにもアガンベンらしい」と評価している。そしてちらりと「ランボーの詩句」[*7]を想起してから、おもむろに次のようなダンカンの「ときどき草原へかえしてもらえる」中の詩行を引いてみせるのである――

まるでそれは精神によってつくりあげられた光景のよう
わたしのものではなく、つくりあげられた場所

それはわたしのもの、心のすぐちかくにある
あらゆる想いのうちに織りこまれた永遠の牧場
だからそこにはホールがある

それはつくりあげられた場所、光に創造されている
そこから形相の影が落ちてくる（*OF 7*）

この引用中に、パーマーは古代のシェキーナー（ユダヤ教における神の顕現）における「光による創造」の兆候を認めると同時に、現代の認知科学における研究成果が示す「光の原初知覚」（前言語的で始源的な感覚の一種）の痕跡を見出している。しかしそれにも増して重要なのは、彼自身もすぐに続けて強調しているように、これらの詩行が極めてパラドクシカルな圏域の生成を示していることだ。その「光景」は「詩人の創造物であると同時にそうではない」し、「精神」も「自らのものであると同時にそうではない」。また明らかにこの詩篇がマザーグースの「バラの花輪」の反映を示している通り、その詩句は幾重もの光に満ちた「永遠の牧場」を想起させると同時に、そのような「遊戯の場においてさえ人類が耐え忍んでいるグノーシス的な光の世界からの失墜」をも暗

示している。こういったパーマーの解釈からも察せられるように、彼はダンカンの詩行中において自らが見出した光と闇の狭間に、アガンベン的な幼児期の閾を読み込んでいるのである。それはパーマーの特異なダンカン観を形成する一方で、彼自身がアガンベンの言語観に強く共鳴していることをも示唆しているだろう。

だがそれにしても、そもそも詩人はなぜ「最大限言いうる」言語に惹かれるのだろうか。言い換えれば、彼はなぜ「言語活動における言いえないものの純然たる消滅」を潜在的に経験することを求めるのか。この点について考察するために、一九八八年に出版されたパーマーの詩集『太陽』所収の作品をこれからいくつか読み解いてみたい。ちょうど彼が通時的な枠組みを超えたダンカンとアガンベンの邂逅を実現させてみせたように、この小論においても伝記的なレベルにおける詩人と哲学者の接触には敢えてとらわれずに、彼らの詩作と思索の間に生じる響きあいに耳を傾けてみることにしよう。[*8]

「第五の散文」あるいは韻文と散文のランデヴー

まずは、『太陽』の巻頭に収められた詩篇、「第五の散文」を取り上げることにする。この作品はたかだか二ページの紙幅に収まる小品であるにもかかわらず、全体が六部構成のこの詩集中で、それ一篇のみで独立した一部を構成している。そのことに着目すれば、この詩篇が詩集の読者に対する特別な誘《いざな》いの機能を有しているらしいことを察することができるだろう。とは言え、それはその通りだとしても、これはなんとも奇妙な作品だ。なぜならば、一見したところ「第五の散文」は、

「散文」というよりも行わけ詩のたたずまいを示しているのだから。ふつう我々は、こういったスタイルの詩を「自由詩」と呼んだり、あるいは単に散文と峻別するために「韻文」と名指したりするものではないだろうか。ちなみにパーマー自身のコメントによれば、この詩篇のタイトルは、ロシアの詩人オシップ・マンデリシュタームによる異色の散文「第四の散文」にあやかったものであるらしい。[*9] ただし、その情報自体は興味深い手掛かりとなりうるとしても、それだけでこの作品のタイトルと本文の間に眩惑的な距離が開いている理由がすっかり説明されるわけでもあるまい。ともかく冒頭の詩行に目を落としてみよう――

Because I'm writing about the snow not the sentence
Because there is a card—a visitor's card—and on that card
　　there are words of ours arranged in a row

and on those words we have written house, we have written
　　leave this house, we
have written be this house, the spiral of a house, channels
　　through this house

and we have written The Provinces and The Reversal and

something called the Human Poems
though we live in a valley on the Hill of Ghosts
Still for many days the rain will continue to fall（*Sun 5*）

わたしは文章ではなく雪のことを書いているのだから
名刺が一枚ある――訪問者の名刺だ――そしてその名刺のうえに
一列に並べられたわたしたちの言葉があるのだから

そしてその言葉のうえにわたしたちは家を書き、わたしたちはこの家を去れ
と書き、わたしたちは
この家となれと書き、家の螺旋、この家をつきぬける海峡となれ
と書いたのだから

そして郊外、反転、それから人間の詩などと
呼ばれるものを書いたのだから
亡霊の丘にある谷でわたしたちは暮らしているのに

とりわけ前半の詩行は散文的な長さを持っているため、インデントされて次行にまたがっているケースもいくつか見受けられる。だが基本的には、これらの詩行はすべて二行連句の形をとっていると見ていいだろう。その点から言えばこの作品のスタイルは極めて韻文的なのだが、内容の点から見ればかなり散文的な要素も各所で垣間見えている。たとえば、冒頭のフレーズ「わたしは文章ではなく雪のことを書いているのだから」に着目してみよう。ここにおける詩人は「雪」の提示を試みているようだが、その結果として読者の目前に示されるのはもちろん雪そのものではなく、それをめぐる言葉にすぎない。既にこの点についてはトーマス・ガードナーが指摘しているように、「たとえ詩人の目が雪を見据えていても、彼がつくりだすのはあくまでも記述のみ」(Gardner 1: 254)なのである。結局、書き手がいくら言語の物質性を追求して雪をそれそのものとして差し出そうとしたところで、あくまでも生まれてくるのは散文的なテクストのみでしかない。だがそれにもかかわらず、「一列に並べられた」言葉の数々は、苦渋に沈む詩人の姿などは表象しない。むしろそれらは、韻文的な反復のリズムと共に従属節を繰り出し続けることによって、論理的な帰結を示す主節を先送りにし続けてみせる——まるで降り積もり続ける雪であるかのような身振りで。その影響を被ってか、言語の「家」にも「螺旋」や「海峡」が大胆に侵入している(明らかにこのイメージは、『「ヒューマニズム」について』におけるハイデガーのテーゼ、「言語は存在の家である」(18)に対する応答である)。あたかもそれらは、言語が単なる記号の体系であることを止め、ついに「物そのもの」を呼び込み始めたことを示しているかのようだ。しかも続く詩行は、さらにめくるめく「反転」を重ねつつ、ついに空想上の「亡霊の丘」まで実在物として提示しようと試みだしている。ところがそこに文字通り一行分のスペースが介入した途端に、そっけなく「降り続ける」雨の（あるいはそれをテクストとしてしか示せないというそっけない事実の）ひどく散文的な描写が現れてしまうのである。

このように「第五の散文」をすこし読み解いてみると、それが韻文的なものと散文的なものの拮抗的なランデヴーによって成立していることが見て取れる。そんな詩人による試みの傍らに、たとえばアガンベンによる五冊目の著作『散文の理念』[*10]を並べてみたらどうだろう。さまざまな理念をめぐる短文を収めた同書中には、たとえば「ユニークなものの理念」という章も含まれている。これはパウル・ツェランに触れた言語論が展開されている短文だ。イディッシュ語以外にすくなくとも四カ国語が用いられていた旧ルーマニア（現ウクライナ）領の都市チェルノヴィッツで生まれ育ち、主としてドイツ語で作品を発表したユダヤ系の詩人、ツェラン。そんな彼が敢えて「人が真実を語りうるのはあくまでも母語においてのみだ」と断言した事実に触れつつ、アガンベンは次のように語る――

実際に、言葉になることを常に前提とする言語の経験というものがある〔……〕これに対して、言語を前にして人が完全に言葉を失ってしまうもう一つの経験というものもある。言葉にしようがない言語。文法的な言語のように、存在していないのに存在しているふりをしない言語。「心

のなかに単独で存在し最初に到来する」言語。それこそ我々の言語であり、つまりは詩の言語である。（*IP* 29-30）

このくだりを念頭に置きつつウィリアム・ワトキンが指摘している通り、アガンベンにおける言語の経験は「常に二重化されている」（Watkin 33）。言い換えれば、それらは既に意味論的な審級に発話行為が譲り渡された結果成立している散文の言語と、未だに記号論的な属性を失わずにいるために絶句的な要素を色濃く残したままの韻文の言語だということになるだろう。あらかじめ本章の序文中でも確認しておいたように、この「既に」と「未だに」の閾においてこそ、「存在していないのに存在しているふりをしない言語」（すなわち、潜勢力としての言語）が真に経験されうる。したがって言語そのものの物質性に肉迫するためには、散文と韻文の両サイドからのアプローチが必要となるわけである。この点についてもうすこし検討しておくために、『散文の理念』所収のエッセイ「物質の理念」も参照してみよう。

言語が停止する場所は語りえないものが生起する場所ではなく、むしろ言葉という物が始まる場所である。夢の中においてであるかのように、言語のこの木の物体、すなわち古代人が「原生林」と呼んだ物体に到達したことが無い者は、たとえ沈黙しているときでさえ、表象の囚人である。（*IP* 15）

言葉を「語りえない」のではなく、むしろそれが「物質」化する場所——そのような場所への希求は、「言語活動における言いえないものの純然たる消滅」が引き起こされるあの「幼児期」をただちに想起させるだろう。そこでは「原生林」はその名によって指示されるものの単なる代替物ではなく、「物体」そのものへと化す。このような言語のステージは、意味論的な「表象」あるいは代行を条件に成立する散文のそれとは、明確な一線を画するに違いない。結局のところ、散文の言葉は物質をめぐる情報を伝搬するための媒体にすぎないので、それ自体が物質性を帯びることはけっしてないのだから。だがその反面、韻文の言葉は今まさに経験のさなかにあるがゆえに、むしろ言語の物質性を客観的に提示する術を失っている点も見逃せない。言ってみれば、散文には木自体の物質性を帯びることができないように、韻文には木が集合体を構成するために必要なコンテクストを備給することができないのである。だからこそ、真に立体的な言語の「原生林」に対峙するためには、韻文と散文のそれぞれに対する双方向的なアクセスが必要とされるのだ。

　およそこういったアガンベンの思索と響きあう要素を、「第五の散文」の末尾は帯びている。以下にそれを引いてみよう——

Because there is a literal shore, a letter that's blood-red
Because in this dialect the eyes are crossed or quartz
seeing swimmer and seeing rock

statue then shadow
and here in the lake
first a razor then a fact（*Sun 6*）

文字どおりの岸があり、血のように赤い文字があるのだから
この方言で話すと両目がやぶにらみになったり石英になったりするのだから

見えるのは泳ぎ手　見えるのは岩
立像、それから影

そしてここ　湖のなかでは
最初に剃刀、続いて事実

ここに至って、言葉の使用はますますはっきりと二重化している。「岸」という語を修飾している形容詞「文字通り」（literal）はそっけないまでに散文的である反面、まさに文字通りに「岸伝いの」（littoral）過程を示す韻文的な連想の響きも宿している。また「血のように赤い」（blood-red）文字はすぐにも血そのものの赤さを宿す物質性を帯びた文字へと転じうるし、「方言」（dialect）は

既に「弁証法」（dialectic）的な対話を詩中の各所で誘い出している。そしてそんな言葉たちのやりとりを目の当たりにした結果、詩人の（あるいは読者の）視線は「やぶにらみ」状に交差し、散文的な陳述と韻文的な絶句の双方を同時に確認することになる。しかもその際には、視覚的なセンサーとしての「両目」そのものが「石英」の物質性を宿すことになるのだ――「やぶにらみ」（crossed）と「石英」（quartz）の頭韻がさりげなく一役買ってくれる御蔭で。

そしてこういった例と比べても、さらに興味深い散文と韻文のやりとりを示しているのが最終行である。言うまでもなく、これはいわゆる「オッカムの剃刀」（ある事実を説明する際には、不必要に多くの仮説を用いてはならない）として知られている原理を踏まえた詩句だ。[*11] ただし興味深いことに、オッカムの原理における剃刀は仮説を最小限にまで刈りこむ散文的論理性を示しているのに対して、パーマー作品における剃刀は「行分け」と呼ばれる詩行の裁断作業を行う韻文的音楽性を示しているらしい。ではその結果として初めて浮上する「第五の散文」の「事実」も、やはり韻文的な属性を帯びているのだろうか――だがもし単にそう考えるのみで納得してしまえば、この詩篇の読者は勘所を半分はおさえそこねてしまうことになるだろう。なぜならば、これまでの詩行中においてめくるめくかけひきを展開してきた韻文的要素と散文的要素は、共にパーマー作品の帰結においても認められるはずだからである。とすれば、この詩篇の最後の最後に現れる「事実」は、アガンベンが『幼児期と歴史』中で述べている「事実」――すなわち、「命題を指示するあれやこれとして経験される言語ではなく〔……〕人が言葉を発し、言語活動が存在するという純粋な事実」（6）――を示していると考えることができるのではないだろうか。こうして我々は、侵犯的なランデヴーを繰り広げる韻文と散文が求愛しあう閾において、またしてもあの潜勢力としての言語と対峙することになるのである。

「ボードレール・シリーズ」とショック経験

韻文と散文の逢引きあるいは逢瀬――その実例が上掲の詩作品に求められたことを念頭に置いて、このあたりでもう一度問いなおしてみよう。なぜ詩においては、「言いえないものの純然たる消滅」が求められるのか。そしてそのような潜勢力としての言語に我々がまともに出くわしてしまうなどといったことが、はたして本当に起こりうるのだろうか。仮にそれがありうるとしても、その経験の強度には程度の差というものもまたあるに違いない。単純な話、ふだんから「最大限言いうる」言語に最大限に遭遇し続けていたら、おそらく人間は通常レベルの選択的で限定的な言語活動を営むことができなくなってしまうだろうから。しかし逆に言えば、人間が決定的に非選択的で非限定的な言語そのものと遭遇するための形式がありうるとすれば、やはりそれは詩に他ならないだろう。換言すれば、詩は通常モードのコミュニケーションにおいては単にやり過ごされてしまっている幼児期の閾へと敢えて接近することによって、強烈なショック経験を読者にもたらすための装置なのである。そしてベンヤミンにとってもアガンベンにとっても、その点から見てもっとも特権的な位置を与えられる詩人の一人が、シャルル・ボードレールだった。

ベンヤミンのボードレール観については、さしあたりここではマイケル・ジェニングズの分析を参照しておこう。ボードレールにおけるヒロイズムの問題に着目した彼は、この詩人特有の殉教者的なイメージに注意を促してから、自説を次のように要約する――「ボードレールは現代生活のショックに対して防御しようとしない。したがって彼のヒロイズムは、時代の性格が彼の肉体に刻印を残し、傷跡をつけるにまかせたいという恒常的な欲望によって成立している」(Jennings 16)。誤解を避けるために断っておけば、もちろんジェニングズはベンヤミンがボードレール作品を読み解く際にフロイトの『快原理の彼岸』(一九二〇年)から大きな示唆を受けたことなら承知しているし、その結果この思想家が詩人の内に意識の防御的なメカニズムを見出したことも十分認識している。しかしその上で、敢えて彼は次のように続けるのである――

だがとりわけベンヤミンが関心を持っていたのは、この防御的なメカニズムが失敗するケースであった――つまり、ショックが意識によって回避されず、むしろそれが意識を貫通し変形してしまうケースだったのである。これらの回避されなかったショックこそが、ベンヤミンによれば、ボードレールの詩における中心的なイメージ群を生み出したのだ。(20)

エッセイ「ボードレールにおけるいくつかのモティーフについて」(一九四〇年)におけるベンヤミンは、ボードレール作品の内外を巡回しながら、「ショック体験が標準となってしまった経験のうちに、抒情詩が基礎をおくということがいったいどうやって可能なのかという問い」(217)に答えるための錯綜的な理論を練り上げた。いささか簡潔すぎる面もあるにしろ、右に引いたジェニングズの一節は、その複雑な思索を巧みに要約していると言えるだろう。そしてその要約をさらにベンヤミン自身のフレーズで一気に圧縮すれば、「ボードレールはつまりショック経験を彼の芸術家としての仕事の中心に据えたのだ」（219）と考えられるのである。

では、アガンベンのボードレール観の方はどうだろうか。一瞥したところ、やはりこの哲学者もボードレールにおいてショックが果たす機能を重視しているようだ。たとえば最初期の著作『中身のない人間』は、ボードレールこそ「新しい産業文明における伝統的権威の解体に直面せざるをえなかった」詩人であり、だからこそ彼は「文化の伝承不可能性そのものを新しい価値に転化」することのよって、「芸術作品自体のただなかでショックを経験させる」手法を編み出したのだという指摘を含んでいる（158）。またこのようなベンヤミンと軌を一にする思索は、さらに『幼児期と歴史』においても展開されている。同書中のアガンベンは、ボードレール以降の現代においては人間が「なんらの防護策を講じることもないまま、もろもろのショックに身をさらしている」状態に置かれてしまっているため、「経験しえないもの」のみが逆説的な「生き残りの存在理由」へと化していると主張しているのである（71）。とりわけここで興味深いのは、アガンベンがこの「経験しえないもの」を言い換えて、「カント的な物自体」（72）と名指している点だ。この思索が他ならぬ「幼児期」をめぐる著作の中で展開されていることを考慮に入れれば、この経験不能の「物自体」とは、まさに現勢態としてはけして経験されえない言語の物質性を指していると見ることができるのではないだろうか。だとすれば、ボードレール以降の現代詩は、能う限り潜勢力としての言語に肉迫するためにこそショック経験を誘発する機能をもつはずである。

以上の点を支持する例証が得られるかどうかを確認するために、『太陽』所収の無題詩篇による連作「ボードレール・シリーズ」中の作品をこれからすこし眺めてみることにしたい。まずは、連作二篇目にあたる短詩の全行を取り上げてみよう。

Words say, Misspell and misspell your name
Words say, Leave this life

From the singer streams of color
but from you

a room within a smaller room
habits of opposite and alcove

Eros seated on a skull as on a throne
Words say, Timaeus you are time

A page is edging along a string
Never sleep never dream in this place

And altered words say
O is the color of this name

full of broken tones
silences we mean to cross one day（*Sun* 10）

言葉たちは言う　おまえの名を書き違えよ、書き違えよ
言葉たちは言う　この生を去れ

歌い手からは色彩の奔流が生まれる
だがおまえから生まれるのは

部屋自体より小さな部屋の中の部屋
反対語とアルコーブの属性

玉座に腰かけるように髑髏に腰かけたエロス
言葉たちは言う　ティマイオス、お前は時だ

ページが一枚、糸伝いにじりじりと進んでいる
この場ではけして眠るな、けして夢見るな

そして改められた言葉たちは言う
Oがこの名の色

満ちみちているのは砕けた音色
ある日我々が横切ろうとする沈黙

「言葉たち」が（そしてより本質的には、おそらくそれらの背後に控えている言語そのものが）全篇を通して記号論的なものと意味論的なものの関係を揺るがそうとしていることが見て取れる。端的に言ってしまえば、その手段は「書き違え」るように書き手に促すことだ。その結果、詩行は部分的な同一性を保持し続けると同時に、非同一性をも胚胎することになる。したがって、たとえば二行目のフレーズ「この生を去れ」がボードレールの詩篇「殺人者の葡萄酒」から採られており、七行目の「玉座に腰かけるように髑髏に腰かけたエロス」が同じくボードレールの「愛の神と髑髏」の詩行を踏まえているとする解釈[*12]は、たとえ典拠論的にはまったく正しいとしても、この作品自体の読み方としては正しいと同時に誤りでもある。なにしろこの詩篇の構成要素は、すべからく「反対語」の性格を帯びているのだし、意味論的な死角を生み出す「アルコーブ」を有しているのだから。

その証拠に、プラトンの対話篇「ティマイオス」（Timaeus）もあっけなく書き違えられてしまった結果、「時」（time）という別な記号へと化してしまっている。

そして「眠る」ことも「夢見る」ことも戒められた書き手は、現実的な悪夢と悪夢的な現実の狭間で、さらに「改められた言葉たち」と遭遇する。「Oがこの名の色」というフレーズは、もちろんランボーの詩篇「母音」に由来しているだろうし、そこから逸脱してもいるだろう。いずれにせよ、このアルファベットの一文字が担う色彩は特定不能なのだから、読者はそれをランボーに帰すことができると同時にできないという膠着的な事態を受け入れざるをえない。こうしてこの作品は充足しきれない空白を召喚しつつ最終部へと向かうのだが、おそらくその末尾の二行も、「母音」の最終部に現れる語句が「改められた」ことを示しているのではないだろうか。そのことを確認するために、ここでランボーの詩行を原文と鈴村和成による和訳で引いておこう——

O, suprême Clairon plein des strideurs étranges,
Silences traversés des Mondes et des Anges:（53）

O、至高の金管楽器、奇怪な鋭い叫びに満ちみちて、
《世界》と《天使》の横切ってゆく沈黙だ。（155）

それにしても、右の絢爛たる詩行と比べると「ボードレール・シリーズ」の詩行のなんと悲歌的

であることか。パーマーの「砕けた音色」は、ランボーの「至高の金管楽器」が深刻なダメージを被った結果として生じている。その響きは、文化の伝承可能性が完膚なきまでに破壊され尽くしたことを示す残響音に他ならない。そして《世界》や《天使》のような大それた横断者には恵まれそうもないパーマーの「沈黙」も、伝達可能な経験を失った人間が絶句に追いやられていることを暗示しているようだ。だがそれとはまったく逆に、パーマー作品の末尾にはわずかに肯定的なニュアンスもまた感知されうるのではないだろうか。というのも、ここにおける「沈黙」は、いつの日か「我々が横切ろうとする」はずのゼロ地点でありながら、いまだに我々が現勢態の地点としては足を踏み入れていない無音の境域を示しているとも考えられるからである。とすれば、この境域こそ、あの「幼児期」の閾における「言語活動の無い状態」を示しているのではないだろうか。そして「ある日」我々が横断するであろうこれら複数の「沈黙」(silences) は、まさに我々が潜勢力としての言語に断続的に遭遇する度に、ボードレール的なショックの経験を被ることを予見しているのではないだろうか。

このような問いならば連ねることができるということ。あるいは、このような問いしか連ねることができないということ——そんな可能性と不可能性の閾にこそ、詩人の目は向けられているし、耳は傾けられている。そのことを裏付けている詩篇の一つが、「ボードレール・シリーズ」十四篇目の断片だ。その末尾に作者が添えた簡潔な覚書によれば、この一篇はリルケの詩篇「オルフォイス。オイリュディケ。ヘルメス」を踏まえている。そんなパーマー作品の最終部を構成する四行のみを、以下に引くことにしよう。ここでの語り手は、かつての夫オルフォイスの浅はかさを冷静に嗜める冥界の住人オイリュディケである——

Some stories unthread what there was
Don't look through an eye
thinking to be seen
Take nothing as yours（*Sun* 25）

存在していたものの継ぎ目を解いてしまう物語もあるの
見られてるなんて思いながら
片目をとおして見つめたりしないで
自分のものなど何もないと思って

断片化し複数化した「物語」（stories）は、共同体の叡智としての経験を補強するのではなく、むしろその「継ぎ目を解いてしまう」。残念ながら、それらは我々の拠り所としてかつては「存在していたもの」までをも四散させるのである。そういった観点からすれば、「片目をとおして」（through an eye）というフレーズは、冷厳な二重性を示していると考えられるだろう。なぜならば、それは「肉眼」を通して見つめるもの／見つめられるものの照応《コレスポンダンス》を実現することがもはやできないと抒情詩人オルフォイスに告げる一方で、「（針の）目」に糸を通して幾多の物語を民族の経験へと縫い合わせることももはやできないのだと我々に伝えているのだから。

そしてこういった二重性は、いよいよ最終行においてショッキングなレベルにまで到達する。「自分のものなど何もないと思って」(Take nothing as yours) というフレーズは、もちろん継承できる経験を根こそぎ剝奪されてしまった現代人に対する、歴史の女神の最終宣告に他ならない。だがそれにもかかわらず、「無」(nothing) あるいは「何もないこと」こそが、我々の獲得しうる唯一の「生き残りの存在理由」となることは、既にアガンベンの指摘を通じて我々が確認したとおりだ。ボードレール以降の現代人は、実際に手にしている存在理由が「何もない」からこそ、逆説的に「何もかもがありうる」という潜勢力を自らの拠り所とすることができる。そしてさらに言えば、ショック経験を通していつでもそういった事実へと立ち返ることを我々に許しているのが、拙文冒頭で確認したダンカンにおける「草原」でもあれば、パーマーとアガンベンにおける言語でもある。これまでこの小論中で展開された議論は、ひとまずそのようにまとめておくことができるだろう。

潜勢力、言語、太陽

さて、以上のようにアガンベンの思索とパーマーの詩作の間に共鳴が生じていることが確認されうるわけだが、前章中でも既に触れた「経験」という概念に焦点を当てながら、最後にその事実を通時的に捉えなおしておきたい。そのために、まずは一九三六年に発表されたベンヤミンのエッセイ「物語作者」を想起しておこう。その冒頭部で「物語作者は、わたしたちにとってすでに遠くなってしまったもの、そして今なおさらに遠ざかりつつあるものだ」と断言してから、ベンヤミンは次のような一節をしたためている。

〔第一次〕世界大戦とともに、ある成り行きが露《あら》わになってきた。この成り行きは、以後とどまるところを知らない。戦争が終わったとき、わたしたちは気づかなかっただろうか、戦場から帰還してくる兵士たちが押し黙ったままであることを？　伝達可能な経験が豊かになって、ではなく、それがいっそう乏しくなって、彼らは帰ってきたのだ。それから十年後に戦記物の洪水のなかでぶちまけられたものは、口から口へと伝わっていく経験とはおよそ違ったものだった。それは決して不思議なことではなかった。というのも、あの戦争にまつわる出来事においてほど徹底的に、経験というものの虚偽が暴かれたことはなかったからだ。〔……〕まだ鉄道馬車で学校に通った世代が、いま放り出されて、雲以外には、そしてその雲の下の――すべてを破壊する濁流や爆発の力の場のただ中にある――ちっぽけでもろい人間の身体以外には、何ひとつ変貌しなかったものとてない風景のなかに立っていた。（285-86）

右の一節の中で、ベンヤミンはいわゆる「経験の貧困」について述べている。ここで問題になっている「経験」（Erfahrung）とその対立概念にあたる「体験」（Erlebnis）について把握するためには、既に拙文中で触れたこの思想家のエッセイ「ボードレールにおけるいくつかのモティーフについて」も、もう一度参照しておくべきだろう。それによれば、「経験」とは、「回想のなかで厳格に固定された個々の出来事から形成されるというよりも、むしろ、多くの場合意識されることのない、積み重なったデータから形成される」(209)ものである。それらのデータは整流化された物語へと化し、主として口承文化の伝統によって世代間を経て継承される。ところがそのような経験は、第一次世界大戦と共に到来した「すべてを破壊する濁流や爆発の力の場」にさらされ深刻なダメージを被った結果、回復不能なほど減衰し劣化してしまった。その結果、「体験」が我々の日常において蔓延し、支配的な様相を呈することになったのである。それは刻一刻と生起する個々の出来事に対する刹那的で反射的な知覚にすぎないので、伝統や統一的主体に対する帰属意識を人々に与えてくれることはけしてない。したがって近代以降の我々の日常においては、「出来事」に遭遇する機会自体ははるかにかつてよりも増大しているにもかかわらず、かえってそのおかげでますます供給過剰の表層的な「体験」を強いられることになってしまっているのである。

こういった認識を、アガンベンもまた踏まえている。いや踏まえているどころではなく、彼はおそらくベンヤミンにもまして切実にその認識を肝に銘じていると言えるだろう。その点については、リーランド・ド・ラ・デュランタイが『幼児期と歴史』を参照しながら次のように言い当てている――

ベンヤミンは、西洋文化のあらゆる局面を襲う洪水のような戦争が幕開けした際に、経験の貧困を看取した。だがアガンベンは、それを日常的な活動におけるもっとも単純で陳腐なものに看取する。彼はこう記している――「今日では、経験の破壊のために、とりたててカタストロフのようなものはなんら必要がないこと、大都市における平和な日常生活でも、この目的のためには十分であることを、わたしたちは知っている」。アガンベンはこの伝達可能な経験の危機の時空を一般化するのみでなく、「経験の貧困」というベンヤミンの診断を過激化したうえで、それを「経験の破壊」と呼ぶのだ。一九三三年にベンヤミンが分析した際には欠乏性と脆弱性であったものが、およそ半世紀後には、さらに侵犯的で、攻撃的で、徹底的なものへと化したのである。

(Durantaye 84)

もはや「経験の貧困」ですらない「経験の破壊」が、我々の日常の隅々にまで浸透している時代——それがアガンベンの捉える現代であるからには、この上もなく周到であると同時に大胆な理論上の反転が、我々の生存の根拠を特定するために必要となる。だからこそ彼は、「ショック体験が標準となってしまった経験」の時代の詩人としてボードレールを捉えるベンヤミンの見解に積極的な賛意を示しつつも、さらにどのようなショックの体験が我々の時代の新たな経験へと転換されうるかという問題の省察を進めたのである。繰り返せば、その結果アガンベンが到達した地平こそ「言語活動の経験」という途方もないパラドックスだった。経験の起死回生をもたらすショックの発生源は、神でも認識する主体でもなく、あくまでも言語そのものである——そのことが、一九七八年に『幼児期と歴史』をトリノの出版社から発表した一人の哲学者によって、きっぱりと断言されたわけである。

そしておよそその十年後に『太陽』をサンフランシスコの出版社から発表した一人の詩人も、彼なりの詩的実践を重ねてきた結果、哲学者と通底する問題意識を抱いていた。『太陽』に収められた諸詩篇の創作期間はおよそ一九八五年から八七年頃であると推定できるが、これはちょうどレーガン政権の第二期に含まれている。対外債務と財政赤字の加速度的な悪化を招いた第一期以来のレーガノミクス[*13]や、アメリカはもとより世界を巻き込む政治的な一大スキャンダルとなったイラン・コントラ事件[*14]等によって、この政権は財政的にも外交的にも極めて深刻なダメージを国家に対して与えた。その事実は、現在では（すくなくとも有識者の間でならば）かなりよく知られていると言っていい。ところがロナルド・レーガンが第四十代大統領として政権に君臨していた当時には、そういったダメージは巧妙に隠蔽されていたため、ともすればなかなか可視化されえなかったのである。その手口は、以下に引くアラン・バリー・スピッツァーによる分析がくっきりと炙り出している。

ウィリアム・F・ルイスによれば、「物語は、レーガンが自分の考えを飾るために用いる単なる修辞の道具ではなかった。レーガンのメッセージこそが、一つの物語だったのだ。レーガンは物語ることによって自らの政策を方向付け、説明を裏付け、聴衆を鼓舞した。そして物語の優位が、彼の修辞に対するさまざまな反動をなだめる役割を果たした」のである。大統領の物語の威力は、その構成要素が事実に即しているかどうかなどではなく、次のように単純だが強力な神話を表現する際の一貫性によって支えられていた――「アメリカは選ばれた国家であり、親交国や近隣諸国の中心にその位置を占めており、倫理上または軍事上の脆弱性によって停滞しない限りは、英雄的な労働者たちによって不可避的に前進し続ける」。（Spitzer 109-10）

要するにレーガン政権の正体は、「選ばれた国家」なるものの「物語」を国民に対して絶えず供給し続けながら、その裏側で国家自体に対する背信的な陰謀を遂行する権力機構だった。それをもっとも端的に象徴しているのが、第二期政権の獲得をもくろんだ際にレーガン陣営が連呼したキャッチコピー「アメリカが戻ってきた」（America is back）[*15]だろう。この単純すぎるほど単純なアメリカ賛美のフレーズを執拗に反復することによって、レーガン陣営は既に自政権の第一期中に深刻化していた諸問題から国民の目を逸らした。そして「強いアメリカ」をめぐる張り子の神話の大々的なキャンペーンを繰り広げることにより、国民を甘美な幻想で陶酔させる手段に出たのである。その際にお手盛りの「物語」を売りつけるセールスマンの役割を果たすにあたっては、弁論術に長けた元俳優のレーガンが格好の人材であったことは、敢えて強調するまでもあるまい——たとえこの人物の知的水準が、「樹木は車よりも深刻な大気汚染を引き起こす」[*16]などという珍説を得意げに披露してしまう程度のものでしかなかったとしても。

そして思想史的に見れば、レーガン政権における「物語」の強制的な復活と乱用は、既に実際にはそれが失効していた現代社会の危機を隠蔽してしまった点において、極めて重い罪を犯したと言える。ベンヤミンが「物語作者は、わたしたちにとってすでに遠くなってしまった」と指摘していたことを、ここでもう一度思い出してほしい。この「物語」は「経験」の関連様式だったが、レーガン政権は「経験の貧困」も「経験の破壊」もアメリカでは一顧だにする必要がない認識だと強引に決めつけてしまったわけである。これがとんでもない謬見であることは、分裂した「物語」によって既存の経験までもが解体されてしまっている現代の状況を、パーマーの「ボードレール・シリーズ」が適確に捉えていたことを想起するだけで了解されうるだろう。
だがさらに重要なのは、アガンベン同様に、パーマーが謬見を正すのみでなく新たな経験の探究に乗り出している点だ。その証拠を示すために、最後に『太陽』の表題作を参照しよう。表題作といってもこの詩集には「太陽」と呼ばれる詩篇が二つ収録されているのだが、ここでは巻末を飾る二篇目の最終節のみを引くこととしたい。

What last. Lapwing. Tesseract. X perhaps for X. The villages are known as These Letters—humid, sunless. The writing occurs on their walls. (*Sun* 86)

何が続くのか。タゲリ。四次元立方体。たぶんXにはX。村はこういった文字として知られている——蒸し暑く、日は射さない。記述はその壁の上に現れる。

ご覧のとおり、「何が続くのか」という最初の問いは、次の瞬間には「タゲリ」(原語のLapwingは、語源的には跳躍したりウィンクしたりするものの連想をもつ)へと転換されてしまっている。おそらくこの鳥は、明滅的な跳躍とウィンクを繰り返すことによって微細なショックの契機を読者に与えながら、言語のありかを知らせる探知機の役割を果たしているのではないだろうか。すくなくともそう考えれば、たとえばその直後に現れる「四次元立方体」は、我々の三次元の世界では触知しえないが異次元においてなら想定しうる言語の異貌であると解することができるかもしれない。いずれにせよ、アメリカ軍が蹂躙したアジアのものと思しき「村」も、その様相を伝えるはずの「文字」のインクも、あいにく共に高い湿度を帯びたままであり、太陽光線そのものの明澄性を直示するには至っていないようだ。だがそれでも詩作の「記述」が起こる限り、ショックを通じて「最大限言いうる」言語を経験する契機は、読者に対して差し出され続けるだろう——そう、まるでちょうど肉眼では直視不可能な太陽のありかが、まさに直視不可能であるがゆえに示されることが可能となるように。我々の哲学者と詩人は、このような可能性と不可能性の閾にこそ、新たな経験の根拠を求めていたのである。

第Ⅱ部　オルタナティヴなヴィジョンを求めて

第四章

「権力との自己同一化を超えるなにか」のために

——「反動的なノスタルジア」への抵抗

既存の世界としてのニュークリティシズム

一九六三年、夏。当時二十歳だったイタリア系アメリカ人の一青年は、まだ本名のジョージ・マイケル・パーマーを名乗っていた。[*1] ハーヴァードの一学生だった彼は、既に詩人になることを志してはいたものの、自らが追求すべき詩については漠然とした考えしか抱いていなかった。もちろん畏敬する先行世代の詩人チャールズ・オルソンの詩集『距離』や、ロバート・ダンカンの『草原の広がり』等に一読者として出会った際には、確かな手ごたえを感じてはいた。[*2] だがそういった革新的な詩集との遭遇が、詩人を目指す自らの進路とどう交錯するかという点については、まだほとんどなんの手がかりも得ていなかったのである。そんな彼が友人と共に車とバスをはるばるカナダまで乗り継いだあげく、ようやくオーディエンスとして参加を果たしたのが、ブリティッシュ・コロンビア大学で催された「ヴァンクーヴァー詩人会議」だった。そこで体験した出来事については、後年の詩人本人が鮮やかな語り口で回想している——

それはまさに、わたしにとっては詩人社会への初参加となりました。もったいぶった詩壇付き合いのことを言っているわけではありません。そうではなく、詩人の共同体への初参加を果たしたのです。ボブ〔ロバート〕・クリーリーとチャールズ・オルソンは、偉大で惜しみないエネルギーに満ち満ちていました。詩人会議のさまざまな局面で、彼らは持てるすべてを提供してくれたのです。ボブとの対話がどんなものかご存知でしょう？　驚いたことに、ボブに初めて会った際にわかったのですが、それ以前にわたしが興味を持っていた人たちは、彼の仲間でもありました。たとえばスタン・ブラッケージがそうです。そういった人たちがボブの興味をひく人たちでしたし、彼らはまたロバート・ダンカンの仲間でもありました――つまりそこにあったのは、この別世界、オルタナティヴな世界、探求的な創作を追求するアーティストたちの並行宇宙だったのです。（Gizzi 172）

既存の詩壇とは異なる、躍動的な探求精神に満ちた詩人たちが集う「並行宇宙」。その空間に詩作の可能性を見出した青年は、ヴァンクーヴァーで出会った友人クラーク・クーリッジと共に詩誌『ジャグラーズ』を創刊し、さらにその後にひっそりと自らのファースト・ネームと決別する。その結果、無名の詩人志望の青年ジョージ・マイケル・パーマーは、詩人「マイケル・パーマー」へのさりげなくも決定的な転生を果たすことになるのである。

そして裏を返せば、詩人の誕生に「並行宇宙」の発見が不可欠だったということは、それだけその宇宙と並行する既存の宇宙（つまりジョージ青年の日常を包囲していた詩の世界）が反動的な宇宙だったということでもあるだろう。詩人としてパーマーが果たした出発の本質を捕捉するためには、この点もまたおさえておかねばならない。ふたたび詩人自身の言葉によれば、彼は学生時代に自分がクラスルームで出会った詩に対しては、基本的に「非常に反抗的」（Gizzi 171）だった。とりわけ当時のアカデミックな環境内で正典視されていた英米詩観には、「心底うんざりしていた」（Gardner 2: 273）らしい。その理由は、詩人による以下の回想から察することができる。

はっきり自分のやっていることがわかっていたというよりは、むしろ本能的かつ気質的に、わたしは当時東海岸（とりわけケンブリッジ周辺）で支配的だった詩学に対する大きな不満を覚えていました。それはニュークリティシズム的な形式をめぐる基準による支配であり、ひどく規範的な批評基準に基づく詩学による支配だったのです。だからすくなくともわたしからしてみれば、当時の詩学は根源的で生成的なものではなく、実際に権力に対して迎合するものでしたし、ニュークリティックスによって代表される権力者集団に対してもそうでした――彼らはひどく反動的な人物の集まりだったのですが、アメリカの文学理論と批評的実践に対して大きな影響を与えることになってしまったのです（彼らの全員ではなく、彼らのうちの数人の話ですが）。それは美学的にも、そして確実に政治的にも、反動的なノスタルジアへとつながるものだと当時のわたしは思っていましたし、今も思っています。（*AB* 241）

ニュークリティシズムと言えば、文学史的な常識としては、およそ一九三〇年代後半に台頭し五〇年代前半に終息した批評理論的なムーブメントである。しかし右に引いたパーマーの発言からも察せられるように、西海岸と比べると保守的な東海岸のアカデミズム内部におけるその影響力は、六〇年代においてもかなり根強かったらしい。いや、実際は根強いどころの話ではなく、その「反動的なノスタルジア」は詩人志望の一青年をはっきりと抑圧していた。一言でいえば、ニュークリティシズムはまさに「権力」だったわけである。

だがここでわたしは、右でパーマーが述べているような指摘に首肯しつつも、少々立ち止まってみたいと思う。ニュークリティシズムが支配する規範的で教条的な世界が「既存の宇宙」であり、それに対してオルソンやダンカンが開示した「根源的で生成的な」詩の世界が「並行宇宙」であるというパーマーの発言は、確かに飲みこみやすい図式を示してはいる。だがそれにしても、そもそもニュークリティシズムのなにが彼にとってそれほどまでに「反動的」と映ったのだろうか――この点については、どうやらまだ検討の余地がありそうである。

たとえば具体的な検討の対象として、「パラドックス」という概念をとりあげてみたらどうだろう。よく知られているように、これは論客ぞろいのニュークリティックス中でもひときわ啓蒙的な言説に長けていたクリアンス・ブルックスが、名詩成立の主要素として提唱した概念である。他方パーマーのほうはといえば、こちらも現代とは「天国と地獄が同じレストランを占領している」(*AB* 80)時代だと言ってのけている詩人であり、明らかにパラドックスを自らの詩学の主軸に据えている。そう考えてみると、すくなくとも一瞥しただけでは、パーマーがブルックス的な詩学に接近する要因はなくもないように思えてくる。ところが実際には、そんな接近が起こる兆しなど最初から微塵もありはしなかったのだし、結果的にもそれは起こらなかった。ならばそれはなぜなのか?

その理由を探るために、ブルックスの主著の一つ『巧みに造られた壺』内で展開されているパラドックス論を、これからすこしばかり眺めてみたい。

「反動的なノスタルジア」——「巧みに造られた壺」のパラドックス

『巧みに造られた壺』の前著『現代詩と伝統』におけるブルックスの企図は、基本的には十七世紀前半の形而上詩と二十世紀の主知的な現代詩の価値を定立することにあった。それと比べると『巧みに造られた壺』は格段に批評対象のスコープを拡大させており、前著ではほとんど俎上にも載せていなかったロマン派やヴィクトリア朝の詩人たちにも、ある程度の肯定的評価を与えている。だがブルックスのテーマがもっとも明確に示されているのは、やはりニュークリティックスお気に入りの形而上派詩人ジョン・ダンを論じた冒頭の一章、「パラドックスの言語」であろう。「詩人が口にする真理はパラドックスを通じてのみ到達されうる」（*WWU* 3）と昂然と断言した後にブルックスが分析を施し始めるのは、ダンの名作「聖列加入」である。まず彼は、この詩篇が世俗の愛をまるで聖なる愛であるかのように扱ってみせていることを指摘する。そしてそれこそダンが愛と宗教を共に真摯に扱おうとしていることの証左であると述べるのである。こうしてブルックスは、ダンにおいてはパラドックスが「不可欠な道具」（*WWU* 11）として適用されているという前提から分析に着手するのだが、その作業が決定的な段階に至るのは、以下に引く「聖列加入」の三連目および四連目の分析においてである。

なんとでもぼくらを呼ぶがいい　ぼくらは愛ゆえにそうなっている
　彼女が一匹の虫ならば　ぼくも同様
ぼくらはロウソクでもある　命を燃やして果てるのだから
　そのうえ、ぼくらの中にはワシとハトがいる。
　　フェニックスの謎はぼくらの知恵によって
　解かれる　ひとつになるぼくら二人が　まさにそれ。
つまり二つの異性が結びつけば一つの中性になるということ
　ぼくらは死に、そのまま蘇り、愛によって
　神秘的な存在へと化すのさ。

愛ゆえには生きていけないのならば　愛ゆえに死ねばいい
　ぼくらの伝説が墓石や棺に
そぐわなかったら、詩にはぴったりだろう
　ぼくらは年代記の一端を飾ることができなくても
　　ソネットですてきな部屋を造ってみせるさ

巧みに造られた壺は　偉人たちの遺灰を納めるにはもってこい
半エーカーの墓にも劣らない
だからこの聖歌を読む人たちは、ぼくらが
愛ゆえに聖列加入を果たしたと認めるはず。（51, 53）

右の詩行をめぐるブルックスの分析をまとめれば、およそ以下のようになるだろう。まずは燃えることによって身を溶かすと同時に輝くロウソクや、闘争と平和を暗示するワシとハトの一対が、それぞれパラドクシカルなイメージを形成する。するとそれらのイメージが連想によって統合された結果、フェニックスが誕生する。死がすなわち再生であることを示すこの鳥は、生きることによって死に、死ぬことによって生きる恋人たちの表象となる。そしてこのパラドックスは、世俗の愛を聖なる愛へと高めると同時に、それらの愛のシンメトリーによって「巧みに造られた壺」というこの詩篇自体の暗喩までをも生み出してみせるのである。もちろん「偉人たちの遺灰」を納めるこの壺が、死の象徴であると同時に、灰から復活するフェニックスの生の象徴でもあることは言うまでもない。この究極的なパラドックスが作動するからこそ、詩篇「聖列加入」（"The Canonization"）という壺そのものも、文学史上の「正典」（Canon）への堂々たる「加入」を果たすことになるわけである（*WWU* 13-17）。

ざっと右のように要約されうるブルックスの読解を参照してみると、ダンの詩篇という壺が、きわめて高性能なパラドックスの生成装置であることが見て取れるだろう。ただし、ここで一点見逃してはならないことがある。それは、ブルックスがこの作品のパラドクシカルな性格を強調すればするほど、「聖列加入」という壺がまるで聖杯のように我々の手の届かない超越的な存在へと化していってしまうということだ。その理由については、ジョン・ギロリーが以下のように巧みに説明している。

ブルックスにとって、ダンの語り手のアイロニーは、もっぱら政治経済や、その他の穢れた世界に向けられていた。だからブルックスは、恋人たちの「世界」のほうが、恋人たちが後に残した世界よりも優位にあるという価値判断を、いわば鵜呑みにしてしまうのである。〔……〕ブルックスはさらに、詩そのものを恋人たちの隠棲と同一視し、彼らの隠棲を、詩の優位を正当化するものと読む。つまり詩は、日常言語の世界あるいは日常的な人間の営みの世界よりもすぐれた、より高次の世界に属しているわけである。（517）

右の引用中で指摘されている通り、ブルックスは詩の本質としてパラドックスを持ち出した際に、それが俗世という「穢れた世界」を超越した世界を指向するのだと主張した。要するに、パラドックスは日常論理を超えた「より高次の世界」を示すのだというわけである。この考えに従えば、パラドクシカルな詩が形成する世界とは、「日常的な人間の営みの世界」の上に君臨する形而上的な世界であるということになるだろう。ちなみにブルックスは、「聖列加入」を分析した直後に、シェイクスピアの詩篇「フェニックスと雉鳩」中の「骨壺」やキーツの「ギリシャの壺に寄せるオード」も引き合いに出してくるのだが、もちろんその行為にも明確な狙いがあった。そうすることによって彼は、シェイクスピア、キーツ、ダン等の作品がどれも「聖列加入」を果たした壺であり、我々が気安く日常生活において使用できる雑器ではなく、頭上におしいただいて崇めるべき神器であるという自説を示してみせたのである。こうしてブルックスは、詩的言語の世界を日常言語の世界から乖離させてみせた。その結果、前者の世界は上部構造、後者の世界は下部構造として位置づけられることになったし、前者が後者に絶対的な服従を課すことにもなったわけである。

さて、以上のようなブルックスの文学観が、あのハーヴァードの一青年の目に「反動的なノスタルジア」として映ったであろうことは、もはや想像するに難くない。考えてみれば、ニューヨークでつつましいホテルを営むイタリア系移民の両親のもとで生まれ育ったジョージ・マイケル・パーマーが、ニュークリティシズムによって強化される英文学中心の高圧的な正典観に対して強い拒否反応を示したことは、理の当然だった。また一九六〇年代のアメリカで青春時代を送っていた彼にしてみれば、「巧みに造られた壺」のあまりにも浮世離れした均整美は、ベトナム戦争を始めとする現実の危機に対峙する要素をまったく欠くものでしかなかっただろう。だからこそ彼は、ブルックスのように正典を維持し補強する手段としてパラドックスを用いるのではなく、むしろ正典の抑圧に抵抗し、あわよくば破壊工作をしかけるためにパラドックスを用いる方法を探り始めたのである。その目的は、天上の聖殿から詩を解放し、それを人間の生きる現実に反応させることにあった。

以下の拙論では、そんな詩人マイケル・パーマーの足取りを少々追ってみることにしてみたい。

「分度器シリーズ」と「円状門」——二重化されたターゲットを射抜く試み

既に触れたとおり、若き日のパーマーは、芸術作品を一種の「真空状態」においてしまうニュークリティシズムの教義に対する強い違和感を覚えていた。改めてここでそのことを確認しなおしておくために、二〇〇三年に彼が行った講演「詩と偶発性」の内容を瞥見しておこう。以下の引用における パーマーは、自らが青年期を送った一九六〇年代後半の芸術と社会の状況を回想しつつ、ベトナム戦争とブルックスによるキーツの「ギリシャの壺に寄せるオード」観の双方について次のように述べている。

> ベトナムの事実は、芸術家あるいは芸術家志望者としてわたしたち自身が社会において占める位置のみならず、時を超えた、ある種のギリシャの壺として表象されていた芸術作品自体の現状についてもわたしたちに再考するよう迫りました。仮に壺が永遠的だとしても、その壺をめぐる詩は時の影響を被りますし、時次第で変化しますし、時自体とその他さまざまなもの次第で変化するのです。(*AB 59*)

つまりパーマーは、詩というものを永遠の相の下に真空パックされてしまった保存品ではなく、常に変化する時代の諸相に反応する媒体として捉えていたのである。そして実は、彼が六〇年代から七〇年代にかけてこういった詩観を錬成していく過程において、決定的なヒントを与えた絵画作品があった。それこそが、ミニマル・アートの画家として知られるフランク・ステラの「分度器シリーズ」(一九六七 - 七一)だ(口絵1を参照)。ステラのキャリアにおいても画期的な試みとなったこのシリーズは、彼が一九六三年に小アジアを旅してまわった際の経験が引き金になって生まれた。ただし一見すればわかるように、画家はエスファハーン、バスラ、ダマスカス等の地で目にした光景を写実的に復元しているわけではまったくない。[*3] ステラの真のねらいは、彼が「分度器シリーズ」に取り組んでいた頃の次のような発言からうかがい知ることができる。

わたしの作品は、画家としての同一性を定める際の問題——画家であり絵を描くというのはどういうことなのか——にかかわっていましたし、そのような状況に対する主体的で感情的な反応にかかわるものでした。〔……〕結局それは、人が自らをどう見るか、なにを為すかということにかかわるものですし、自らを囲む世界にかかわるものなのです。(qtd. in Pearson 47)

この発言を読めば察せられるように、あくまでもステラの創作において肝要だったのは、記憶の生成過程そのものに即応する形式を編み出すことだった。当然そうする際には、画家は自らの「主体的で感情的な反応」にも、「自らを囲む世界」にも、リアルタイムで対峙することになっただろう。したがって、「分度器シリーズ」中で展開される曲線と色彩のパターンは、画家がかつて目にしたエキゾチックな寺院や自然景観を、あらかじめ完成された描写の形で鑑賞者に対して提供するわけではない。むしろそれらのパターンは、それら自体の審美的な価値を今ここで計測できるように、文字通り「分度器」を鑑賞者に対して差し出しているのである。[*4] その点から言えば、この連作は紛れもなくインスタレーションであり、鑑賞という行為によって生成し始める光景の内へと我々を招き入れる機能を持っているのだ。

永遠の真空中に作品を封じ込めるのではなく、刻々と変化する現在の状況に反応する作品を作り出すこと——その試みの手ごたえをステラの実践から得たパーマーは、第二詩集『円状門』において、積極的に「自らを囲む世界」に対して作品を開いていく。具体的に言えば、それはベトナム戦争が進行していた当時の世界である。ここで表題連作「円状門」の第一部「ニューヨーク」の第二篇目にあたる無題作品の全文を引き、眺めてみることにしよう。

Increase in slenderness proceeds
That of height to base fluctuates
and was later straightened
  We are at war
near the surface

of Damascus, the keys,
of tears, arches of the crash
In Chicago the mart
of chord; some of these same

emotions get lost
as well. We are at war
with the notion of survival
at times, and the sword
or cup that's called a form（*CG* 82）

すらりとした形が増加し続ける
上辺から下辺にかけてそれは波うつ
そして後にまっすぐになった
我々は戦闘状態にある
表面近くで

ダマスカスの、鍵の、
涙の、轟音のアーチ
シカゴにある和音の
市場――これら同じ感覚の
いくばくかは同様に
失われてしまう。我々は戦闘状態にある

サバイバルという観念と
ときには　そして剣
あるいはカップ　形態とよばれるものと

かつてステラが訪れたダマスカス、その名を付された「分度器シリーズ」中の一作、制作中の作品をめぐる言及、ニューヨークで幼年時代を送っていた際のステラが耳にした第二次世界大戦をめぐる情報、そしてステラおよびパーマーがそれぞれの作品を創作していた時期に進行していたベトナム戦争をめぐる現実——ローリ・ラメイによれば、この短詩中ではそういったさまざまな要素が共存している（Ramey 95）。ただしその共存ぶりは、けして穏当なものではない。むしろ極めて競合的だ。たとえば一連目の冒頭数行は「分度器シリーズ」中で展開される抽象的形態を比較的忠実に描いているものの、現在形（proceeds, fluctuates）をいきなり過去形（was later straightened）に転じてからさらに現在形（are）を復活させることにより、鑑賞者を激しく幻惑させる効果を生んでいる。明らかにこの作品と読者の関係は予定調和的ではなく、闘争的たらざるをえない。まさに「我々は戦闘状態にある」と言うほかない状況である。

このように「円状門」は激しい競合性を示しているが、その主たる原因は、やはりこの作品が詩人自身を囲む当時の世界の状況に直接反応していることに求められるだろう。たとえば「我々は戦闘状態にある」というフレーズは、既に触れたように明らかにベトナム戦争を踏まえている。ただしどうやら詩人の戦闘相手は、ベトコンというよりも、むしろアジアの一小国を宿敵へと仕立て上げるために大々的な戦時キャンペーンを繰り広げている自国政府の方であるようだ。その証拠にこの詩篇は、北ベトナムの共産圏を打倒すればアメリカが「サバイバル」を実現できるという眉唾ものの「認識」に対して、根底的な疑問を投げかけている。

そしてとりわけ興味深いのは、その疑問がそのまま審美的な問題に対しても突きつけられていることだろう。すなわち、詩中の「我々」は、「剣／あるいはカップ」が象徴するシンメトリカルな「形態」とも「戦闘状態にある」のだ。これらの器物が、ブルックスにおいて「聖列加入」を果たした「巧みに造られた壺」のヴァリエーションであることは、もはや指摘するまでもあるまい。こうして若き詩人は、政治上の権力と美学上の権力を同時に捉え、自らの生きる現場から糾弾するための手法を確立したのである。このように二重化されたターゲットを射抜くパーマーの試みは、やがて「反動的なノスタルジア」に抵抗するための強烈なパラドックスを生み出すことになるだろう。そのもっとも苛烈な実例を参照するために、これから思いきって時代をくだり、この詩人が一九九〇年代以降に展開した仕事とその背景を分析することにしてみたい。

湾岸戦争、サイード、ベンヤミン――「詩の天使」をめぐるパラドックス

最初に断言しておこう。一九九〇年代に突入した壮年期のパーマーが対峙せざるをえない現実があったとすれば、なによりもまずそれは「湾岸戦争」に他ならなかった。端的に言ってしまえば、パーマーにとっても彼の読者にとっても、二十世紀最後の十年はこの出来事と共に幕を開けたのである。それが示す危機的な様相については、パーマー自身が適確に言明している。戦争が勃発した

一九九一年の十二月に、彼はシェリー生誕二百年を記念するキーツ・シェリー協会に招待され、後に「シェリー、詩論と現状をめぐる覚書」としてまとめられる講演を行った。ヴァルター・ベンヤミンが「歴史の天使」の着想を得たことで知られるパウル・クレーの「新しい天使」を想起しながら、彼はその講演を次のように締めくくっている——

湾岸戦争「砂漠の嵐作戦」が起こってから、数か月が経ちました。どんな大義名分があったとしても、西洋文明の現代における守護者を自任した一国家が、正義を立証するために記述言語の発祥地に対して大規模な爆撃を行ったという事実は、詩人や憂慮する知識人たちが決して避けては通れない出来事となりました。詩が構成され提示するものとは、まさにこの種のパラドックスや深い矛盾に他なりません。しかしこれ以上ないほど明らかになったことは、押し寄せるイメージと雪崩を打つレトリックによって、その事実を前にして、詩が完全に沈黙させられてしまったことであり、自分がどのような現在に身を置いて語っているのか、そして誰と語っているのかという疑問に、わたしたちが再び直面するようになったということなのです。だからわたしは、立ち上る砂嵐にとらえられた歴史の天使あるいは詩の天使、つまり新しい天使の像が示す、ある最後の瞬間を思い浮かべます。彼の眼差しがどこに注がれているかは、定かではありません。彼は一度にいくつもの表情を浮かべているのです。（*AB* 205-06）

右の発言を読むと、湾岸戦争をめぐる情報戦争の渦中に巻き込まれながらも冷静にその分析を試みているパーマーの姿が、くっきりと見えてくる。ポイントは、やはりパラドックスだ。具体的に言えば、それは「西洋文明の現代における守護者を自任した一国家」としてのアメリカが、「記述言語の発祥地」に位置するバグダッドを爆撃することによって露呈した奇怪なパラドックスである。ちなみに、当時アメリカ国内に身を置きつつこういった現実の本質を見抜いていた市民は、パーマーのみではなかった。すくなくとももう一人の人物が、知識人としての立場からパーマーと同じ対象を捉えていたのである。

その人物とはエドワード・サイードだ。彼も一九九一年の段階でいち早く発表されたエッセイ「アラブ・アメリカ戦争」において、アメリカの権力者たちがバグダッドを「文化や書物や深淵な思想などとはほとんど何の関係もない、吹けば飛ぶような土地」（426）と見なしてイラクに対する軍事力の行使を正当化したことを指摘している。そして、ひいてはそれが「古代メソポタミア（そして世界の）文明の偉大な記念碑」（426）に対する攻撃を正当化したのだと喝破しているのである。パーマーとサイードが共に目撃していたのは、まさに文明の守護者が攻撃者と不可分な同一体へと化してしまうパラドックスに他ならなかった。

また加えて言うならば、パーマーは「言語」こそ湾岸戦争における「最初の犠牲者」（427）なのだというサイードの認識も共有していた。事実、当時のアメリカ国内で権力が組織的に行使した言語に対する圧力は、あまりにも凄まじいものだった。ベトナム戦争時と同様、あるいはそれすら凌駕する激しさで、当局はさまざまな言葉の意味を巧みに歪曲し意図的に誤用してみせたのである。たとえばジョージ・H・W・ブッシュ大統領が高らかに提唱した「新世界秩序」なる大風呂敷は、皮肉にもまさにそれが内容空疎であるがゆえに過剰に荘重な印象を演出することに成功し、かつての冷戦時代における米ソ対立の構図すら不要とするアメリカの絶対的なヘゲモニーを求める世論を煽動した。[*5] また当時最新鋭の電子誘導装置を搭載した「スマート・ミサイル」はイラク軍の主要施設のみを爆撃しているのであり、一般市民には何ら損害を与えていないというレトリックも、執拗に反復された。[*6] もちろん、これなどはホワイトハウス公認のデマ以外の何物でもなかった。実際はアメリカ軍の攻撃によるイラク市民の死傷者は多数に上ったし、彼らの生活を支えるインフラもB52を始めとする爆撃機による攻撃によって壊滅的なダメージを被ったのである。ところがそういった事実が明るみに出るや否や、政府御用達の似非知識人たちは、プライムタイムのニュース番組中等で「コラテラル・ダメージ」、「サージカル・ストライク」などの軍事専門用語を反復することによって、国民が自分の言葉を用いて事態を捕捉し考察する能力を麻痺させようとし始めた。[*7] とりわけ世論をコントロールする上で効果的だったのは、おそらく人称代名詞「我々」と「彼ら」の用法だっただろう。[*8] 当然のように各種報道番組内において前者は政府と国民を一括りにする言葉として用いられたし、後者はフセインとムスリム文化圏を指示する言葉として用いられた。結果として国民は、善玉としてのアメリカVS悪玉としてのイラクという陳腐なまでに単純な二項対立の図式を、無批判に呑み込むよう執拗に強制されることになったのである。

そして権力による強制について述べるならば、彼らが国民に対して過剰投与したエンターテイメントという毒餌についても触れておくべきだろう。[*9] よく知られているように、実質的に政府直属の報道機関へと化したCNNのニュース番組は、アメリカ軍が誇るハイテク兵器から発射されるミサイルが、目にも鮮やかな光跡を残しつつ次々に夜のバクダッドへと到達する光景を、連日連夜に渡り放映し続けた。しかも、その攻撃によって命を落としたイラク側犠牲者の姿が厳しく検閲された映像から完全に削除されていたので、爆撃の映像はまるでとめどなく夜空に上がり続ける花火のように奇妙な非現実性を帯びたのである。事実、テレビゲームを思わせるそのスペクタクル化した光景は、「ニンテンドー戦争」[*10]なる別称すらこの戦争に与えたのだった。こうして映像メディアを支配下においた政府は、仮想現実化した戦争のイメージを繰り返し視聴者に投下する作戦を遂行していった。それが生身の犠牲者の存在を隠蔽し、「クリーンな戦争」という虚偽を国民に浸透させるための作戦であったことは、もはや言うまでもない。

ざっと以上のように湾岸戦争時のアメリカ国内における情報操作の実情を振り返ってみると、パーマーの指摘している「押し寄せるイメージと雪崩を打つレトリック」が、いかに容赦なく国民の意識を攻撃していたか察することができるだろう。言わばそれは、国家権力が捏造したイメージとレトリックによって大々的に遂行される情報の無差別爆撃だったのである。そういった状況下でパーマーは、本来ならば詩人にとって創造を促す素材となるはずの言語とイメージが、逆に彼の発話能力を剝奪し沈黙を強いてしまうという危機的なパラドックスを自覚することになった。

ただし、ここで一つ押さえておかねばならないことがある。それは、サイードもパーマーも、国家の組織的な情報操作によって圧倒させられたままの状態に甘んじてなどいなかったということだ。事実はむしろ逆だった。サイードについて言えば、思想家としての彼は、困難な状況においてこそ「権力との自己同一化を超えるなにかを遂行する言説」（419）の可能性を探り続けた。一方詩人としてのパーマーは、深刻な沈黙を体験したからこそ、権力に回収されてしまわない詩的言説の探究に乗り出すことになったのである。その際に彼に対して決定的なヒントを与えたのは、既に本章冒頭で触れたように、ベンヤミンの「歴史の天使」像だった。それが現れる有名な「歴史の概念について」第九テーゼを、ここで少し眺めてみることにしよう——

「新しい天使」と題されたクレーの絵がある。そこには一人の天使が描かれており、その天使は、彼がじっと見つめているものから、今まさに遠ざかろうとしているかのように見える。彼の目は大きく見開かれていており、口はひらいて、翼はひろげられている。歴史の天使はこのように見えるに違いない。彼はその顔を過去に向けている。われわれには出来事の連鎖と見えるところに、彼はただ一つの破局《カタストロフィー》を見る。その破局は、次から次へと絶え間なく瓦礫を積み重ね、それらの瓦礫を彼の足元に投げる。彼はおそらくそこにしばしとどまり、死者を呼び覚まし、打ち砕かれたものをつなぎあわせたいと思っているのだろう。しかし、嵐が楽園《パラダイス》のほうから吹きつけ、それが彼の翼にからまっている。そして、そのあまりの強さに、天使はもはや翼を閉じることができない。この嵐は天使を、彼が背中を向けている未来のほうへと、とどめることができないままに押しやってしまう。そのあいだにも、天使の前の瓦礫の山は天に届くばかりに大きくなっている。われわれが進歩と呼んでいるのは、この嵐なのである。(367-68)

ここで「嵐」になぞらえられている「進歩」については、一言触れておくべきだろう。第九テーゼに先立つ第八テーゼにおいて、ベンヤミンは「歴史の規則」として「進歩」を措定すれば、その時点で「ファシズムに少なからぬチャンスを与えてしまう」ことになると述べている（366）。つまり彼は、過去から現在を経て未来へと至る人類の歩みを単純な進歩史観の射程で捉えることは、むしろファシストを始めとする抑圧者たちが台頭するための口実を与えてしまうと指摘したわけである。そして一九九〇年の時点におけるパーマーも、まさにそういった口実がアメリカ第四十一代大統領に与えられてしまった瞬間を目撃していた。この年の九月十一日に開かれた両院合同会議において、ブッシュは湾岸危機が「世界協調の歴史的な時代」を要請すると断言した。[*11] そしてアメリカを中心とした多国籍軍がイラク軍を撃退すれば、「世界中の国々が繁栄と平和を享受できるようになるだろう」と言明したのである。これがベンヤミンの危惧した権力者による進歩史観の適用例でなければ、いったい何であろうか。

こういった認識を抱いていたパーマーの視線上では、かつてベンヤミンの見て取った「嵐」は、明らかに湾岸戦争「砂漠の嵐作戦」と二重映しになっていた。重要なのは、ベンヤミンもパーマーも、それぞれ自分たちが目撃していた嵐をけして「とどめることができない」と悟っていた点であろう。パーマーに事寄せて述べるならば、詩は嵐を消滅させることのできる神ではなく、せいぜいのところ「天使」の役割を果たすにすぎない。超人的な洞察眼は持っているものの、世界を「破局」から救済する神的な権能は有していない「詩の天使」——そんな天使が「楽園」と「未来」の間で宙づり状態になったままできることと言えば、ただ「打ち砕かれたものをつなぎあわせたい」と望むことのみなのである。けしてその望みを実現できるわけではない。

では、この途方に暮れた天使のイメージは、なぜパーマーにふたたび詩作をうながす契機を与えることができたのだろうか。この点については、次章で行う湾岸戦争時のパーマー作品の分析を経たうえで考察すべきだろう。ともあれ、ひとまずここでは、彼が本章冒頭で引用した「シェリーを読むための覚書」中で、「一度にいくつもの表情を浮かべている」天使に詩の祖形を見出していたことを想起しておきたい。確かに楽園から未来へと吹き寄せる強風は、進歩史観の暴力的で不可逆的な一元性を示している。しかしその威力によって破砕されてしまった言語の「瓦礫」は、結果として「一度にいくつもの」方位を示す多元性を帯びることになったのではないか。そしてその複数方位的な多元性は、反動的な進歩の嵐を押しとどめるほどの作用は期待できないにしても、何らかの効果を詩人と彼の読者の意識に対して及ぼしうるのではないか。だとすれば、湾岸戦争によってもたらされた詩の破局は、辛くも詩の不可能性に可能性をつりあわせるパラドックスを出来させたのではないだろうか——およそこういった推測の妥当性を確認するために、次の考察へと進むことにしたい。

一度にいくつもの表情を浮かべている詩——「我々の日々を夜とつりあわせる」パラドックス

さてここからは、一九九五年にニューディレクションズ社から出版されたパーマーの第七詩集『アット・パッセージズ』所収の連作「戦争のためのマトリックス内で生まれた七詩篇」から一篇を選び、その分析を試みることにしよう。まず連作タイトルから直ちに察せられるように、これは直情的な反戦詩でもなければ国策追従の賛戦詩でもなく、湾岸戦争とそれをめぐる言説の嵐「の内で」生まれた戦争詩である。「マトリックス」が、ここでは「母体」のみでなく電算用語における「回路網」をも意味していることは、もはや改めて強調するまでもないだろう。命を生み出す「子宮」であると同時に、その命を死へと追いやる権力者の情報回路網でもあるマトリックス——パーマーが対峙しようとしている根源的なパラドックスの姿は、既にそこからはっきりと見て取ることができる。

以下にまず前半を引く詩篇のタイトルは、「リー・ヒックマンを偲ぶ二十四通りの論理」である。湾岸戦争が終結して間もない時期に書かれたこの作品は、「七詩篇」中の六篇目に当たる。

The bend in the river followed us for days
and above us the sun
doubled and redoubled its claims

Now we are in a house
with forty-four walls
and nothing but doors

Outside the trees, chokecherries, mulberries and oaks
are cracking like limbs

We can do nothing but listen
or so someone claims,
the Ice Man perhaps, all enclosed in ice
though the light has been shortening our days
and coloring nights the yellow of hay,
scarlet of trillium, blue of block ice（*AP* 24）

何日も河の湾曲が我々のあとを追った
そして頭上では太陽が自らの要求を
何倍にも増幅させていた

今我々は屋内にいる
壁が四十四枚
あとはドアがあるだけ

屋外ではサクラ、クワ、オークなどの木々が

まるで四肢のように裂けている
我々は耳を澄ますことしかできない

あるいはそう誰かが断言する
たぶんアイスマンだろう　すっかり凍りついてしまっている
その光が我々の日々を切りつめ続け

干し草の黄、エンレイソウの紅、
氷塊の青に、夜を染め続けてきたというのに

初めにタイトルについて述べておこう。リー・ヒックマンとは、一九三四年生まれの詩人・編集者、リーランド・ヒックマンのことである。[*12] 一九八五年から八九年までロサンジェルスで詩誌『テンプラー』を出版し、さまざまな前衛詩の紹介に努めたヒックマンは、九一年五月に惜しまれつつエイズで世を去っている。したがってパーマーのこの作品は、失われた盟友と呼ぶべき存在に捧げられているとひとまずは考えられるだろう。ただしそれをいわゆるエレジーと名指しうるか否かという点については、もちろん本文を眺めてから判断しなければならない。

こうして詩句をたどり始める読者は、それら一つ一つの二重性によって眩惑されることになるだろう。たとえば「何日も河の湾曲」に追尾される「我々」とは、いったい何者なのだろうか。イラ

ク兵による虐待を逃れるために、チグリス川あるいはユーフラテス川のほとりを遅々とした足取りで進むクルド人避難民か。あるいはそうかもしれない。だが彼らの姿を捉えたテレビ番組の映像に日夜「あとを追」われているのは、実は文字通り「我々」すなわち「アメリカ国民」の方ではないだろうか。しかもこういった解消し難いパラドックスは、「四十四枚」の壁に囲まれた空間で「何倍にも増幅」されていくのである。所在を特定しがたいこの不気味な空間は、どうやら隣り合う複数のエコールームで構成されているらしい。すくなくともどの部屋にも「ドア」だけは確かにあるのだから、ノイズは他のノイズと混成され増幅されながら、他の部屋へと伝わっていくのだろう。もはや誰のものとも同定し難いそれらの声を発する者も耳にする者も、「一度にいくつもの表情」を浮かべているはずだ。

またこういった増幅性は、「屋外」にちりばめられた植物群への言及においても認められる。たとえば「サクラ、クワ、オークなどの木々」をめぐるさりげない言及などは、一瞥しただけでは単なる叙景詩の特徴を示しているにすぎないようにも見える。だが結局のところ、これらは北アメリカに自生する植物の点描のみにはとどまらないだろう。なぜならば、植物名の語幹や音韻が示しているのは、「サクラ」(chokecherries)の「窒息」(choke)でもあれば、「クワ」(mulberries)の「混乱」(mull)でもあるのだから(加えて言えば、この文脈中では「オーク」(oak)も「ウルシ」(poison oak)の「毒」(poison)を連想させるかもしれない)。なにより「四肢のように裂けている」それらの様子は、はるか彼方の異国の空の下で爆撃を浴びた犠牲者の生々しい姿を帯びている。こうしてこの詩は、アメリカの現実がけして中東のそれから離断されえないことを示すパラドックスを突きつけてくるのである。

そしてそんなさなかに姿を見せるのが、「アイスマン」、すなわち氷漬けの男だ。[*13] これは一九九一年にアルプスにあるイタリア・オーストリア国境のエッツ渓谷の氷河で見つかった約五三〇〇年前の男性のミイラの通称だが、この詩の中では現存する人類最古の死体にして生き証人でもある究極のパラドックスの体現者を指している。その彼によると、「我々は耳を澄ますことしかできない」のだという。その言に従い意識をこの詩篇中のノイズに向ければ、我々はまたしても立て続けに二重化された言説と立ち会うことになるだろう。たとえば「我々の日々を切りつめ続け」という何気ない一行は、繰り返しニュース番組で放送されるバグダッド空爆の映像が「我々の日々」（our days）の生活を侵食しているという現状の認識を明示すると同時に、それが「我々の寿命」（our days）を削減しているという本源的な認識をも暗示している。そしてそれに伴い、バグダッドの夜空を「染め続けた」ミサイルの閃光は、「干し草の黄、エンレイソウの紅、／氷塊の青」等の色彩と重ねられてしまうのである。言わば人工物であると同時に自然物でもあるヴィジョンがもう一つのパラドックスを読者の目前に差し出しているわけであるが、我々は本当にその人工物が引き起こしている惨事の実態を直視しているのでもなければ、もちろん実在する自然物を注視しているわけでもない。こうしてこの幻惑的なヴィジョンは、目撃の不可能性を突きつけてくるのである。

だが、それにもかかわらず、この詩篇は読者に対して「言葉」の目撃者たることを課す。以下にそれを示すこの作品の後半部を引こう――

Words appear, the texture of ice,
with messages etched on their shells:
Minna 1892, Big Max and Little Sarah,
This hour ago

everyone watched as the statues fell
Enough of such phrases and we'll have a book
Enough of such books

and we'll have mountains of ice
enough to balance our days with nights
enough at last to close our eyes（*AP* 24）

言葉があらわれる　氷の感触だ
その表面にはメッセージが刻み込まれている——
ミナ　一八九二年　ビッグ・マックスとリトル・サラに

この一時間前に
みなが彫像の倒れる様を見物していました
そのような語句が十分あれば一冊の書が手に入ることになる
そのような書が十分あれば

出現することになるだろう
我々の日々を夜とつりあわせて
ついに我々の目を閉ざすことになる氷の山が

まず想起されるのは、やはりベンヤミンの「歴史の概念について」第九テーゼであろう。既に述べた通り、「歴史の天使」が目の当たりにしているのはありうべき進歩の道を前進する文明の歴史などではなく、連鎖する暴力と抑圧の証左たる瓦礫の堆積でしかない。だから十九世紀末の「一八九二年」に異国で起きた政変の目撃者も、その政変の様子を伝えられる二十世紀末の「ビッグ・マックスとリトル・サラ」(ちなみにサラはパーマーの愛娘の名前である)も、失脚した指導者の立像が引き倒される既視感に満ちた光景を目の当たりにするにすぎない。いつの時代であれ、あるのは「ただ一つの破局」でしかないのだ。

そしておそらく右のような認識をもっとも皮肉かつ冷徹な表現で示しているのが、引用六行目ではないだろうか。拙訳ではとても表現しきれなかったが、この詩行 Enough of such books は、独立句として読めば「そんな書物などたくさんだ」という意味になるが、次行の主節へと続く従属句として読めば、「そんな書物が十分あれば」という意味になってしまう。そしてちょうどこのパラドクシカルな機能を持つ詩句のように、我々は歴史のデータに辟易しそれと絶縁しようとすればするほど、否応なしにその堆積物が形成する瓦礫の山に直面することになってしまうのである。しかもこの詩篇の最終部ではその山のイメージが「氷の山」へと読み替えられているのだから、それと遭遇する人類は、いよいよあの「アイスマン」と運命を共にすることになるのだろう。ただし、そのとき「目を閉ざす」ことになる「我々」の様子が、単に死を示すのみでなく、ようやく訪れる安らかな眠りも示している点には注意を払っておきたい。こうしてこの詩篇は、圧倒的な絶望にかすかな希望を「つりあわせ」ると、その苦肉のパラドックスと共に閉じられてしまうのである。

以上のように「リー・ヒックマンを偲ぶ二十四通りの論理」を読み解いてみると、この作品がジョン・ダンの「聖列加入」に勝るとも劣らぬほど優れたパラドックスの生成装置であることが見て取れるだろう。ただし、類似はそこまでだ。なぜならば、パーマーの詩篇においては、「聖列」が最終的に加入を果たす上部構造としての「正典」の世界がまったく措定されていないからである。基本的にこの作品においては、一九九一年に起こった三つの死をめぐる出来事（すなわち、湾岸戦争、リーランド・ヒックマンの逝去、アイスマンの発見）が主要な参照点として読者の目前に差し出されている。しかしそのどれもが俗世という「穢れた世界」における出来事にとどまっているため、けしてそれらが統合されて「より高次の世界」へと止揚されることはない。改めてベンヤミンの表現を想起して言うならば、それらの出来事は、あくまでも「一度にいくつもの表情を浮かべている」ままなのである。したがって、一見すると典雅な三行連句で綴られたこの詩篇の各所で引き起こされているパラドックスは、実は下部構造の日常言語から上部構造の正典へと至る階梯を強化するのではなく、むしろ逆にそれを破壊する働きを示していると考えられるだろう。だからこそこの詩篇は、単に「リー・ヒックマンを偲ぶ」エレジーと呼ばれる代わりに、わざわざ「二十四通りの論理」と銘打たれているのである。言い換えればそれは、正典としてのエレジー（死者を天上の聖殿へと送り込むための文学的なシステム）を破砕する論理が、すくなくともこの作品の本文行数と同数の二十四通りはあるということに他ならない。しかも本文の詩行中に述べられているように、実際にはその数すら「何倍にも増幅させ」られてしまうのだから、必然的にこの詩篇は「一度にいくつもの」方位を示す数々のパラドックスを惹起することになるのである。こうして九〇年代のパーマーは、ニュークリティシズムの「反動的なノスタルジア」を象徴する「巧みに造られた壺」を完膚なきまでに破砕してみせた。そして「我々の日々を夜とつりあわせ」る究極のパラドックスを示すことにより、辛うじて絶望と希望の間で「詩の天使」を宙づりにすることに成功したのである。

「権力との自己同一化を超えるなにか」のために

以上のようにパーマー作品は反ニュークリティシズム的な抵抗詩の様相を呈しているわけであるが、そういった詩業は二十世紀から現在に至る近現代的な視座からは、改めてどのように捕捉されうるのだろうか。最後にこの点について、若干の考察を記しておくことにしたい。

まず手がかりとなるのは、やはり九〇年代のパーマー作品が極めて「アンチ・エレジー」的な要素に満ちているという事実だろう。マエーラ・シュライバーが指摘しているように、喪失から慰撫へと至る治癒的な過程がプログラムされていた古典的エレジーは、第一次世界大戦を始めとする大量殺戮が遂行された二十世紀前半において決定的に失効してしまった。[*14] その結果、かつては当然のごとく共同体によって承認されていたエレジー成立の基本要件（宗教的な救済の祈願、死者が生前に具現していた美質の列挙、死者と再生する植物神の同一視、等々）に対しても、現代詩人たちによる仮借のない嫌疑が突きつけられることになったのである。ただしその反面、実はアンチ・エレジー的な要素は単純にエレジーという文学的モード自体を消去してしまうのではなく、むしろそれを「進化させ、異種交配させ、自己破壊させる」[*15] ために機能する。したがって、現代詩人がまがりなりにもエレジーらしき作品を手掛けうるとすれば、それは必然的に古典的エレジーとアンチ・エレジーの激しい相克を内包せざるをえないわけである。こういったパラドクシカルな特徴を典型的に示しているのが、「リー・ヒックマンを偲ぶ二十四通りの論理」であることは、おそらくもはや論を俟たないのではないだろうか。

そして右のようなパーマーの試みの内に反動勢力と対抗勢力の競合点が見出されるのならば、この詩人と二十世紀末から二十一世紀初頭にかけての時代を並走した知識人として、エドワード・サイードの名をもう一度この小論中で想起しておくことは無駄ではないはずである。よく知られているように、彼は一九九三年に出版された『文化と帝国主義』において、「対位法的読解」なる批評的アプローチの方法を提唱しつつ実践してみせた。サイード本人の表現を借りれば、それは「帝国主義のプロセスと帝国主義への抵抗のプロセス」（138）の双方を分析の対象とする手法を示している。権力と反権力という二つの力の接点となるパラドックスに対峙するその手法は、実は今世紀に入ってから発表されたパーマー作品とも強く響きあう要素を持っている。その具体例をここで示すために、二〇〇五年に出版された詩集『蛾の一群』所収の詩篇「ナルキッソスの夢」の前半部をこれから引用してみたい。詩人自身の発言によれば、これはサイードがかねてから高く評価していたパレスチナの詩人、マフムード・ダルウィーシュに捧げられた作品である。

The dream of Narcissus,
that there would be a silence loud as time

The dream of the writer,
that there could be a silence loud as time

The dream of time,
that rest might come

The dream of rest,
that unrest might arise

The dream of the palm,
that pilgrims would enter the village

The dream of the village,
that they depart with their fronds

And the house dreaming of its leveling,
and the exile of his well（*CM* 42）

ナルキッソスの夢
時と同様に騒々しい静寂があるだろう
詩人の夢
時と同様に騒々しい静寂がありえるだろう。
時の夢
安息が訪れるかもしれない

安息の夢
不安が生じるかもしれない
棕櫚の夢
巡礼者たちが村に侵入するだろう
村の夢
皆葉を手にして旅立つ
そして崩壊を夢見る家
そして泉を夢見る故国喪失者

既にこれらの詩行はさまざまな反響を窺わせている——たとえばフロイトによるナルシシズムの分析、二十世紀後半カリフォルニアのアート・シーンを代表する画家ジェスの作品「ナルキッソス」、そして『エコーの湖のための覚書』を始めとするパーマー自身の既刊詩集等々。[*16] 加えて言えば、より直接的にはダルウィーシュの野心的な長詩「ナルキッソスの悲劇、銀色の喜劇」への反歌の様相を示していると考えられるだろう。[*17] しかしここではそれら諸点には深入りしすぎずに、この詩篇における主体「ナルキッソス」が自らの姿の投影に没頭しつつも満たされぬまま、連鎖反応的なイメージの共鳴を生み出している点をまず押さえておきたい。

それらの共鳴によってこの詩の各所に出現しているのは、やはり各種のパラドックスである。たとえば、「騒々しい静寂」。もちろんその意味を無理に限定する必要はないが、おそらくこのフレーズは、欧米中心の正史観においては等閑視され闇に葬り去られていたパレスチナの秘史が、にわかに活性化し始めたことを示しているのではないだろうか。「あるだろう」(would) から「ありうるだろう」(could) へのさりげないシフトは、そういった異史がオルタナティヴな可能性として現前化しつつあることを示しているようだ。続く詩行中でも、いわゆる「パックス・オトマンカ」(オスマン帝国支配下の平和) を想わせる「安息」(rest) が現れるや否や、たちどころにそれと対立する「不安」(unrest) が出来してしまう。しかもその後のくだりでは、皮肉なことにパーマー(Palmer) がかつて「棕櫚の運び手」(palmer) と呼ばれていた「巡礼者たち」の姿を透視しているらしい。中世期に西ヨーロッパからはるばる聖地エルサレムへとやってきた彼らは、目的を果たし帰国する際に、キリスト教への敬虔な帰依を示す「棕櫚」の葉を携えている。しかしそれはまた、ヨーロッパのキリスト教圏によるパレスチナ侵略が時代を経るにつれていよいよ激化し、やがて現地住民の生活基盤を容赦なく「崩壊」させることを暗示するエンブレムでもある。もちろんこういった両義性が、宗教的情熱と帝国主義的侵略の解消し難い矛盾を示していることは、改めて強調するまでもない。

だがそれら諸例に比しても苛烈なパラドックスが見出されるのは、末尾三連の詩行においてであろう。侵略者たちがもたらした荒廃の果てに姿を現す極めてサイード的な人称としての「故国喪失者」（exile）は、次のような謎めいたヴィジョンに見舞われるのである――

The dream of night,
that the day would be purified
The dream of day,
that the dark would be lifted
And the dream of the dream,
but who's to speak of this（*CM* 42）

夜の夢
昼が浄められるだろう
昼の夢
闇が打ち払われるだろう

そして夢のまた夢
しかし誰にこれを語ることができるものか。

とりわけヨーロッパのキリスト教圏側の視点に基づく文脈からすれば、「昼が浄められる」ことと「闇が打ち払われる」ことは、間違いなく啓蒙的な意味合いをもつはずだ。なぜならば、順当に言って前者は異教徒（と一方的に目されたパレスチナ人）の日常が浄化されることを示すだろうし、後者は宗教および文化の迷妄という闇を一掃することを指すだろうからである。しかし逆に、たとえばここでパレスチナという固有の地域に根差した視点と文脈を導入して「帝国主義への抵抗のプロセス」を読み取ってみれば、果たしてどうなるだろうか。その場合には、「昼を浄める」あるいは「闇を打ち払う」といったレトリックには、避けがたく欺瞞的な意味合いが宿るに違いない。なぜならば、明らかにそれらは、自称「巡礼者」たちが侵略を強行するために編み出した口実を想起させるからである。こうしてこれらの詩行は、侵略者と非侵略者の視点を拮抗させる対位法的なパラドックスを我々読者の目前に突きつけてくる。

そして言うまでもなくパーマーにおいてもサイードにおいても、そのようなパラドックスを止揚する聖典的かつ正典的な上部構造は、いっさい定立されえない。パーマーについて言えば、そういった構造は「夢のまた夢」というかりそめの名を与えられた途端に、「誰にこれを語ることができるものか」というとどめの一言によってものの見事に吹き飛ばされてしまう。一方サイードによる洞察を確認するためには、二〇〇四年に公刊された『人文学と批評の使命』の末尾における彼の発言を参照すれば、おそらく事足りるだろう。ここでのサイードは、彼が生涯を賭して対峙し続けたパレスチナ問題を念頭に置いている――

> 重なり合う、しかし調停不能のいくつもの経験が知識人に要求するのは、アドルノが音楽論のいたるところで主張していたのとほとんど同じように、それこそが我々の前にあることだと言い切る勇気である。近代音楽はそれを生み出した社会とけっして和解しえないが、強度に満ちた、ときには絶望的なまでに錬成された形式と内容によって、周囲の非人間性の静かな目撃者となることができる。個々の音楽作品をその社会状況に同質化するのは誤りである、とアドルノは言っている。この本の結論として、知識人のかりそめの故郷とは、火急の、抵抗する、妥協なき芸術の領域であり、ただし（ああ！）そこに引きこもったり、解決を求めたりはけっしてできないのだと言っておこう。だがこのあてにならない流浪の領域でのみ、摑み取れないものの困難性を真に摑み取り、辛うじて先へと進もうとすることができるのだ（194-95）。

イスラム文化圏内において、ユダヤ教とキリスト教の聖地が二重化したまま存在するパレスチナは、それ自体「重なり合う、しかし調停不能のいくつもの」パラドックスに満ちた地帯である。そしてその事実を直視しつつサイードが想起するアドルノの音楽観は、パーマーの詩観と交錯するところがあるようだ。すくなくとも、拙文中で参照したこの詩人の作品は、確かに同時代的な趨勢に「同質化」することに対する抵抗を示している。それらはまさに、自らをもって「周囲の非人間性の静かな目撃者」たることを任じた芸術家の手による、「火急の、抵抗する、妥協なき芸術」の具体例に他ならない。

そして重要なのは、そういった芸術の創出に取り組む詩人が、同時代に生起する諸問題の「解決を求めたりはけしてできない」と冷静に自覚していることだろう。ベンヤミンの「歴史の天使」から派生したパーマーの「詩の天使」のイメージを改めて想起しなおすまでもなく、当然ながら詩にはけして湾岸戦争を終結させることもできなければ、パレスチナ問題を解決することもできないのである。だがすくなくともそれは、絵空事の天上の聖殿やユートピアへの逃避から我々読者を救い出し、「摑み取れないものの困難性を真に摑み取」るためのヴィジョンを、確かに表出させてくれる。最後にサイードの表現をもう一度繰り返して言えば、まさにその根源的なパラドックスこそが、「権力との自己同一化を超えるなにか」を探究するパーマーの賭札に相違あるまい。

第五章　ランプに火を灯す詩人たち

――パーマーと吉増剛造、ツェラン、そしてゼーバルト

「言語の蘇生」というヴィジョン

二〇〇〇年代以降にパーマーが発表した諸作品には既に本書中でも幾度か触れたが、それらはこの詩人がいよいよ円熟期に入ったことを示していると言っていいだろう。二〇〇六年に彼がウォレス・スティーブンズ賞を受賞した際に選考委員を務めた詩人ロバート・ハスは、パーマー作品における「言語の表現可能性をめぐる暗くもあれば滑稽でもある探究」を讃えた後に、次のように言葉を継いでいる――「だが常に驚異的なのは、その豊かな智謀とまぎれもない美しさだ」(Hass)。そのような「智謀」と「美しさ」に出会うために最適な詩集の一つが、二〇〇五年にニューディレクションズ社から出版された『蛾の一群』である。タイトルどおりこの詩集に頻出する「蛾の一群」のイメージについては既に複数の批評家たちが興味深い見解を披露しているが[*1]、パーマー自身は次のように語っている――「蛾は黄昏を暗示するでしょうし、薄暗い空間に生息する存在としては、闇のなかで創作する詩人にも通じるものがあるでしょう」[*2]。そしてさらに、彼はこの詩集のコンセ

プトについて次のように語っている――

この詩集は、薄闇の余白に息づく生をめぐる洞察から始まりました。それがもっとも適切な言い方でしょう。ある時点で、おそらく表題作の「蛾の一群」が生まれたときに、明らかにゆるやかなテーマ上の中心が立ち上がり、そこへ各々の詩篇が幾度も立ち戻るようになったのです。興味深いことに、フランス語では黄昏時のことをentre chien et loupと言います。「犬と狼のあいだ」。つまり文明と野生のあいだ、日常と夢想のあいだ。あるいは合理性と非合理性のあいだ。わたしは詩が存在するのは、まさにこういった狭間だと思います。〔……〕数年前に、わたしがロセッティの英訳したダンテの『新生』に付すための序文を書いたときに気づいたのは、今わたしが述べたのとまさに同じ領域を、ダンテが数百年前に探索していたことでした。彼もまた、光と闇が互いに肉迫する領域を探求していたのです。（Interview 2003）

右の発言によれば、「闇の中で創作に向かう詩人たち」が姿を現すのは黄昏時、すなわちフランス語で言う「犬と狼のあいだ」の時間である。ちょうど蛾が昼と夜の境にあたる黄昏時に現れるように、詩人たちは闇がすべてを飲み込む直前の「狭間」へと飛来してくるわけだ。「黄昏」という中間地帯を生成するさまざまな対立項の中でも、パーマーがダンテの『新生』に触れつつ「光と闇」の組み合わせを重視している点については、是非ともここでおさえておきたい。『蛾の一群』における「闇」は多義的なので一概には要約しきれないが、すくなくともそれは、詩集出版当時のブッシュ政権によって荒廃させられたアメリカ社会の闇を暗示している。そのような闇の中でいかにして「光」を見出すかというテーマを追求するために、この詩集は編まれているのである。

そのテーマに取り組む際にパーマーが駆使する智謀については、後に続く拙論の作品分析において検証することにしよう。ひとまずここでは、彼が採用している基本的な手法について触れておくことにしたい。サラ・ローゼンソールとのインタビュー中で、パーマーは同世代の詩人リン・ヘジニアン[*3]が冷戦時代の末期に旧ソヴィエトの前衛詩人たちと交流し始めた例に触れつつ、次のように語っている。

> 〔ヘジニアンが〕そういった結びつきを作り出すことは、権力者の命令に抗う行為でした。ちょうどパレスチナとイスラエルの詩人たちがお互いに語り合うことを断固やめなかったのと同様に、彼女たちもきわめて象徴的で重要な行為に挑んでいたのです。それは殺戮を阻止することはできないが、確かに「ノー」というメッセージを残しますし、それによって我々の文化に刻印されるひとつの「イエス」を示してくれます。そのことは否定しようがありません。それはお互いの文化における憎悪と固定観念と差別主義を拒絶します。そしてまさにそれこそが、言語の蘇生をもたらすのです。(Rothensal 195)

パーマーが闇の中で光を探り出すための方法として挙げているのは、「お互いに語り合うこと」、つまり「対話」である。限られた領域を超えて異文化・異言語間の対話を行うことにより、さまざまな障壁を越えることが可能となり、やがて「言語の蘇生」という光明が見えてくる。敢えてかいつまんでまとめれば、およそそのように詩人は述べている。

ただしその一方で、パーマーが慎重に留保を付している点にも注意を払っておかねばならない。右の引用中でも彼自身が断っているとおり、詩にはたとえばアメリカ内外で起こっている「殺戮を阻止する」力はない。この指摘は、彼が二〇〇七年の来日時に早稲田大学で講演を行った際の、次のような言葉を想起させるだろう――「詩はなにも止めることができません。戦争や崩壊を止めることなどできないのです。しかしそれは、幾度も幾度も、オルタナティヴなヴィジョン、オルタナティヴな可能性というものを示してくれます。そしてそれが失われれば、我々は皆消えうせてしまうでしょう」(“Origins”)。こういった発言から判断すると、どうやらパーマーは、自らの詩作によって「言語の蘇生」を実現するというよりは、むしろそのヴィジョンを示すことを目的としているようである。つまり彼がもくろんでいるのは、疲弊した現代社会の言語を一夜にして現実に蘇生させること自体ではなく、あくまでもその蘇生のあり方を垣間見せることなのだ。もちろんそれはヴィジョンであるからには、所詮は幻にすぎないのかもしれない。だがその幻は、それを失ってしまえば我々が「皆消えうせてしまう」ような、かけがえのないしろものでもある。

そのような幻を捕捉するために、この小論では『蛾の一群』に収録された詩篇「話す言語の夢」の分析を試みる。そしてその分析を通して、パーマーの言う「オルタナティヴなヴィジョン」がどのようにして出来するかを明らかにしていきたい。

飛来する「蛾の一群」のイメージ——W・G・ゼーバルトの『アウステルリッツ』

上述の作業に入る前に、対話の担い手となる「蛾の一群」の形成過程についてすこしだけ触れておこう。基本的には、飛翔する蛾のイメージは、パーマーが一篇また一篇と詩篇を書きつぐ中でゆっくりと醸成されていったものである。ただし、その過程において重要な役割を果たした他者による作品を、すくなくとも一つは挙げることができる。

それはドイツ出身の作家W・G・ゼーバルトによる小説『アウステルリッツ』だ。パーマーは二〇〇一年に出版されたこの作品が、自分の詩集の主軸を築く上で決定的な影響を及ぼしたと告白している。とりわけ彼が『アウステルリッツ』の中で心引かれたのは、闇夜に灯されたランプの周囲に群れ集う、妖しくも美しい蛾の群れを描いたくだりだったらしい。その一節を以下に引いてみよう。

夜のとばりが降りてまもなく、私たちはアンドロメダ荘からかなり登ったところにある山の端に腰を下ろしていました。背後は急勾配の山腹、眼前は漆黒の闇に包まれた渺漠たる海。エリカの繁みに囲まれた浅い窪地にアルフォンソがガス灯を置き、灯をつけたと思うまもなく、登り道ではひとつも出会わなかった蛾が、忽然と、まるで虚空から湧き出たかのように、あるものは弓なりに、あるものは螺旋をえがき、あるものは輪をかいて無数に群がってきたのです。そして風に舞う雪片にも似て、光のまわりを音のない吹雪となって舞い狂っているのでした。他方でははくも翅をばたつかせ、灯火のしたにひろげた布を這いまわるものもいれば、乱舞に疲れ、保護用にとアルフォンソが籠に重ねて持参した卵ケースの灰色のくぼみに翅を休めているものもいました。ジェラルドと私が平素眼にふれることのないこの無脊椎の生き物の無尽の多彩さをただもううっとりと眺めているのを、アルフォンソがかなりのあいだそっとしておいてくれたことを憶えていますが、とアウステルリッツは語った、はたしてそこにどんな種類の蛾が集まってきていたかは、今ではもう思い出せません。いわゆる磁器蛾《シャチホコガ》、羊皮紙蛾《シャチホコガ》、スペイン国旗《メイガ》、黒大綬《ヨトウ》、黄銅夜蛾《キンウワバ》、イプシロン夜蛾《タマナヤガ》、狼の乳《スズメガ》、蝙蝠雀《スズメガ》、生娘《カバシャク》、老婦人《ヒトリガ》、死人の頭《メンガタスズメ》、亡霊蛾《コウモリガ》あたりだったでしょうか。いずれにしろおびただしい数で、その姿かたちの多彩さは、ジェラルドや私の理解の及ぶところではありませんでした。（88）

右に引いた『アウステルリッツ』中の一節は、真夜中にランプの火を灯すと「ふだんは人目に触れることのない」蛾の一群が光を求めてやってくる幻想的な光景を示している。蛾の名前がいくつも列挙されている中でも、とりわけ「亡霊蛾」という蛾の存在が暗示しているように、蛾は霊的な存在である。その存在が、パーマーの作品中に飛来するさまざまな他者たちの声に呼応していることは、もはや言うまでもあるまい。なお、闇夜に灯された「ランプ」が蛾の群れを呼び寄せる光源となっていることも、ここで脳裏にとどめておくべきだろう。

以上のようなゼーバルトの小説中に出現するイメージと共振しながら、『蛾の一群』中の諸詩篇は一冊の詩集を形成している。そんな詩篇の一つに数えられる作品「話す言語の夢」をこれから参照し、パーマーにおける蛾の一群がどのようにして姿を現すかという点について検証していくことにしたい。

「話す言語の夢」における回転運動——吉増剛造と「エミリー」

『蛾の一群』は全四十六篇四章立ての構成だが、その最終章は、この詩篇「話す言語の夢」一篇のみに充てられている。既にこの事実が、この作品の担っている特別な重要性を暗示していると見ていいだろう。以下にその冒頭部を引く。

Hello Gozo, here we are,
  the spinning world, has
it come this far?
  Hammering things, speeching them,
nailing the anthrax
  to its copper plate,
matching the object to its name,

the star to its chart.

(The sirens, the howling machines,
  are part of the music it seems
just now, and helices of smoke
  engulf the astonished eye;
and then our keening selves, Gozo,
  whirled between voice and echo.)（*CM* 69）

やあ剛造、さあ着いた
　回転する世界だ　はるばる
ここまでやって来たのか
　金槌で物を打ち、それを読むあげたり
炭素菌を

銅板に釘付けにしたり
物体を名前と合わせたり
星を天球図と合わせたりしながら
（サイレン、つまり吠える機械は
たった今そんな感じがするんだが
音楽の一部だ　そして煙のえがく螺旋が
驚きのあまり見開かれた瞳をのみこむ
するとほら、剛造、慟哭するわたしたちの自己が
声と谺のあいだで旋回したぞ）

このように始まる詩行から察せられるように、これは吉増剛造との出会いがきっかけとなって創作された詩篇である。パーマー自身の回想によれば、彼が吉増に初めて出会ったのは、二〇〇三年にベロイト大学で催されたポエトリー・フェスティヴァルにおいてのことだった（"Noises Not Ours"）。このフェスティヴァルに、パーマーはロシアの詩人ゲンナジイ・アイギや、当時亡命詩人

としてアメリカ滞在中だった中国出身の北島と共に参加した。そしてそこで吉増による自作朗読を聞き、深い感銘を受けたのである。とりわけ吉増が朗読しながら銅板を用いて行った篆刻のパフォーマンスは鮮烈な印象を与えたらしく、右の引用中においても直接言及されている。また、吉増作品特有の回転体あるいは螺旋形の運動も、「回転する世界」、「螺旋」、そして「旋回」等の言葉によって捉えられている。もちろんこういった運動は、『アウステルリッツ』における蛾の群れが、ランプに引き寄せられながら弧を描いていたことも連想させるだろう。

残念ながら、実際にパーマーがベロイトでどの吉増作品に出会ったのかという点を明らかにする資料は、筆者の手元にはない。だがすくなくとも、彼がたとえば次のような詩篇の朗読に遭遇したと想像する自由は、オルタナティヴな選択肢の一つとして我々のために確保されているだろう。以下の詩行は、吉増の詩集『「雪の島」あるいは「エミリーの幽霊」』（一九九八年）に収録された詩篇「ただ獨り歩く、思考の／幽霊のような力」からの抜粋である。

なにを仕《シ》よう、そう、エミリーのように、こんなふうに舞うのがいいね

(私は自分の生命を両手でふれてみた　*I felt my life with both my hands*
(そこにあるかどうか確かめるために　*To see if it was there-*
(私の魂を鏡に近づけた　*I held my spirit to my Glass,*
(もっとはっきりさせたくて　*To prove it possibler-*

………

（ぐるぐる自分の存在を回して

………

I turned my Being round and round

（新倉俊一さん『エミリー・ディキンスン――不在の肖像』大修館書店刊　十八頁）

本當にぐるぐる回ったなエミリー

〝雲の峰幾つ崩れて月の山〟（芭蕉さん）翁《おきな》の（ゆっくりかぞえている目と）声が僕のなかでした――

I proved——, by myself, isn't it ?

〝崩れて、*possibler*、……〟あたらしい言／葉《バ》を、わたしたちも、〝襲《カサネ》〟て、そうして〝傾ける〟

ゑ（恵）ッ?.、死んだ犬が脚を揃へて、月の山をさゝえてる、……？（「若林奮論」小泉晋弥氏、山形美術館97・十月二十三日）（「月と不死」）

なんだか胡巣《コス》レ留（擦レル）

臭いがして、

宇宙も気がつく

おそらく崩《くズ》レと、

膨張（*possibler*）

の〝銀のかかと〟、

日本海も、こんな名前《ナ》だといいのニな

エミリーの*ly*も、〝銀のかかと、……〟知里《チリ》幸恵さん

（91-92）

直ちに見て取れるように、右の引用中にはエミリー・ディキンスンの詩篇「(私は自分の生命を両手でふれてみた)」からの抜粋が含まれている。ディキンスンのこの作品自体は、おそらく一種のメタポエム（詩の創作過程そのものをテーマにする詩）として読まれうるだろう。「両手でふれ」られながら「鏡」の前で仔細に出来具合を検証される「存在」とは、実は他ならぬディキンスンの詩篇自体に他ならない。だがとりわけ興味深いのは、吉増がディキンスンの原文と新倉俊一の邦訳を通して、もう一つの勘所を探り当てていることではないだろうか。すなわちそれは、このディキンスン作品中の「私」が、鏡の前で自らの姿をさまざまな角度から映しながらチェックしている一人の女性の姿を示していることだ。もちろん彼女は自身の「生命」をめぐる懐疑と不安に対峙しているのだが、なにも机の前で頭を抱えながらそうしているわけではない。むしろ彼女は、自らの表情やポーズの一つ一つを姿見の前で確認するために、「ぐるぐる自分の存在を回して」いるわけである——まるでデートに向かう前に自室でそうするように。

さながら一人きりの踊り子のようでもあるこのキャラクターを「エミリー」と呼びつつ、吉増は自作中に招き入れている。どうやら彼女は、吉増詩の宇宙に回転運動をもたらす仕手の役目を担うことになるらしい（この仕手を呼び込む伏線になっているのは、吉増の発した「なにを仕《シ》よう」という実にエスコート上手なつぶやきである）。そんな彼女の連続ターンに応えてまず姿を見せるのは、松尾芭蕉だ。この「翁」は、悠々とした様子で「雲の峰幾つ崩れて月の山」という一句を口にする。

するとそれに答えるかのようにして、英文の一行が作品中に現れるのである。改めてそれのみを抜粋すれば——

"I proved——, by myself, isn't it?"（92）

この一行は、先に引用されていたディキンスンの詩行とはインデントの位置こそ異なるものの、同じようにイタリック体の英語で綴られている。ところが実は、これはディキンスンの引用ではないのである。その点に気付いた上でよくよくこのフレーズを見直してみれば、なるほどディキンスン特有の短めのダッシュ記号「-」も、もっと長い縦棒「——」へと秘かに変更されている。ということは、これはディキンスン本人というよりも、彼女の声音を模した（宿した）何者かの発している言葉だと考えるべきだろう。

ではその何者かの正体を特定することは、はたしてできるのだろうか。あいにくまだこの段階では、その見通しは立てようがない。だがすくなくともこの縦棒「——」からは、たとえばこの記号を愛用した折口信夫の息遣いを聞き取ることができそうだ。そのことを裏付けてくれるのが、吉増の著書『生涯は夢の中径《ナカミチ》——折口信夫と歩行』の一節である。同書によれば、吉増は一九九七年五月二十七日に「折口信夫と大阪」というテーマでNHK第二ラジオの収録を行った際に、自作詩篇「生涯は夢の中径《ナカミチ》——折口信夫に」を朗読した。そして彼は、その冒頭を飾る一行「折口《オリクチ》さん——」に含まれている「スーッという棒」（26）が折口作品中に頻出する記号であることを指摘した直後に、次のように語っているのである――

ぼくがいま追っかけている アメリカの詩人で、すばらしい小さい詩をたくさん残してくれましたエミリー・ディキンスンという人がいます。この人は、とても不思議な棒を連発します。ダッシュともいえない、ハイフンともいえないもののようです。で、それがあるので、こうやって音楽の音符じゃなくて、なんだろうな、ちいさなフレーズのようにして、「折口《オリクチ》さん――」と声に出せるんですね、視覚的にも。(27)

既にこの時点において、それぞれ類まれな「棒」(そしてその記号が示す呼気と吸気)の使い手として、折口とディキンスンが吉増の脳裏で共存していたことが見て取れるだろう。[*4] こういった点まで考え合わせると、先に引いたたった一行の英文フレーズ中には、さらに多くの声が息づいていることさえ推察できるのかもしれない。

ともあれ、ここで詩篇「ただ獨り歩く、思考の/幽霊のような力」中に現れる回転運動の生成過程を整理しなおしておこう。まず吉増によって引用されていたディキンスンの詩篇から発せられる声が、吉増自身の声と共鳴現象を引き起こす。その結果、限られた個人の世界が「崩レ」去るため、続く詩行においてさらに多様な固有名が出来するのである。この多声的な可能性に満ちた「膨張(*possibler*)」の宇宙では、芭蕉はおろか、芸術家の若林奮、その作品を論じた美術批評家の小泉晋弥、『月と不死』の著者として知られるロシア人の東洋学者ニコライ・ネフスキーまでもが姿を見せている。わけても印象的なのは、詩中のそこかしこで響く滑らかな流音（ステップを踏んだ跡のような傍点のいくつかが、それを示している）に導かれた果てに、まるで「エミリー」の姉妹のような「知里《チリ》幸恵さん」が姿を現す瞬間だろう。寄せては返す宇宙の波も、その瞬間に「〝銀のかかと〟」[*5]の飛沫をきらめかせながら、知里の残した『アイヌ神謡集』の世界と文字通り踵を接することを愉しんでいるかのようだ。もしかしたらこの「〝銀のかかと〟」がたてる響きは、知里の記したフレーズ「銀の滴降る降るまわりに」[*6]の響きと「〝襲《かサネ》〟」られて、互いに寄り添う和音へと化しているのではないだろうか。

　ネフスキーの『月と不死』に収められた表題エッセイによれば、「美しい宮古に始めて人間が住む様になつた時の事」をめぐる民話中の月は、「変若水」（不老不死をもたらす若返りの水）と「死水」（死をもたらす水）の双方の源である（11-12）。吉増詩の宇宙内では、これら両要素が互いに作用しあう御蔭で、「崩レ」と「膨張」のダイナミズムが生起している。既に述べたように、それを自らの回転運動によって促すリード・ダンサーの役割を果たしているのが「エミリー」である。彼女の導きに従いつつ、その他の精霊的存在たちはこぞって自転しながら言わば「月下の一群」へと化し、声の饗宴の公転へと参加する。そして彼等それぞれの主体が、あるときは分離し、またあるときは融合することによって、極めて多元的な対話が成立することになるのである。そのような交響の内に現れるディキンスンのものでも吉増のものでもあると同時にない声を発する者は、ひょっとしたら「言語」そのものであるとさえ言えるのかもしれない――だがこの点についてはあまり先走りしすぎず、パーマー作品の分析を行ってから改めて触れなおすことにしよう。

パーマーとツェラン――「山中の対話」における「語ること」と「話すこと」

さて、ここで改めてもう一度「話す言語の夢」に立ち戻ってみることにしてみたい。続いて引用するのは、この詩篇の三十行目以降からの抜粋である。これらの詩行に目を通してみれば、パーマーも吉増と共に多声音の世界に参加しながら、詩における対話の可能性を探ろうとしていることが見えてくる。

Ghostly Tall and Ghostly Small
  making their small talk
as they pause and they walk
  on a path of stones,
as they walk and walk,
  skeining their tales,
testing the dust,
  higher up they walk—

there's a city below,
　pinpoints of light—
high up they walk,
　flicking dianthus, mountain berries,
turk's-caps with their sticks.（*CM* 70）

亡霊みたいなノッポと亡霊みたいなチビが
　おしゃべりをするんだ
そのとき二人は、石造りの小道で
　たちどまったり歩いたり
歩きに歩いたり
　話をぐるぐる巻きにしたり

塵を分析したりしながら
　だんだんとのぼっていく――
眼下にひろがるのは街の光景
　細かな光の点々――
二人はのぼっていく
　ナデシコ、ヤマイチゴ
マルタゴンをかるく杖で払いながら。

これらの詩行の内でとりわけ大きく響いている声は、パウル・ツェランによる特異な散文作品、「山中の対話」だろう。もちろん「話す言語の夢」を徹頭徹尾パーマーと吉増の二人による対話篇として読み進めることも、まったく不可能だというわけではない。だが実は、既に参照した「やあ剛造、さあ着いた／回転する世界だ　はるばる／／ここまでやって来たのか」という一見何気ないこの詩の冒頭部も、秘かに「山中の対話」に含まれる次のようなフレーズを響かせていたのである――「きみははるばるやって来たんだね、ここまでやって来たんだね」(159)。その影を捉えるために、これから「山中の対話」をすこし眺めてみることにしたい。

一九五九年に創作されたこの作品は、日没時に一人のユダヤ人が小屋を出て、杖を突きつつ山へと歩みだすシーンから始まる。自らの名を発音することもできなければ、自らが帰属する対象も持ちえない彼は、ユダヤ人であると同時にその他者でもあるほかない。そんな彼が、調子はずれの奇妙な独り言を口にしながら歩を進めていると、やがてもう一人のユダヤ人が彼に向かって歩いてくる――

するとき彼のほうへ、誰がやってきたと思う？　彼のほうへ、いとこが、いとこでしかも祖父母まで同じものが、ユダヤ人寿命にして四半世だけ年上の、背の高いものがこちらへやって来た、やって来た、やはり影をまとって、借りものの影をまとって、やって来た――というのも、神に命じられてユダヤ人に生まれついたものならば、ぼくは問う、問わせてもらうが、誰が自分自身の影などまとってやって来るだろうか――やって来た、やって来た、背の高いものがやって来た、もうひとりのユダヤ人のほうに、ノッポがチビのほうにやって来た、するとチビのほうのユダヤ人は、自分の杖にノッポのユダヤ人の杖のまえで沈黙するように命じた。（157）

右の抜粋において確認されるように、「山中の対話」の主要キャラクターとなる二人のユダヤ人は、「ノッポ」（Groß）と「チビ」（Klein）である。彼ら二人はいとこ同士だという話だが、それぞれ順にテオドール・アドルノとツェランの投影像のように見えることもあれば、アドルノ以外の物書きたちの面影を宿すこともある。[*7] またさらに言えば、両者共にツェラン自身の分身であると見ることもできるだろう。いずれにしても、基本的にこのノッポとチビが、饒舌なユダヤ人の分身として登場することは間違いない。二人は杖を突きつつ山中を歩み、時折「マルタゴン」や「ナデシコ」等の草花の傍らを通り過ぎながら飽くことなく対話を続ける。しかしその対話は、「中断、自らの発言の訂正、矛盾、そして問いに応答する問い」(Felstiner 141) に満ちた、滑稽でもあると同時に奇妙な対話である。

まったくの話、このような応答の粗筋をまとめること自体が不可能だと言うほかないのだが、ここで一つだけポイントを示しておくためにもう少し「山中の対話」からの引用を行っておきたい。以下に引くのは、「なぜ、なんのためにここまでやってきたのか」という疑問をめぐるノッポとチビのやりとりである。

「なぜ、なんのためにって……それはたぶんぼくが語りかけなきゃならないからさ、ぼく自身に、それともきみに、この口とこの舌で、この杖でばっかりじゃなくってね。杖は誰に語りかけるんだろう。杖は石に語りかける、そして石は——石は誰に語りかけるんだろう。」
「石が、いとこよ、誰に語りかけるのかというのかい？ 石は語りかけたりはしないよ、石は話す、そして話すものは誰に対しても語りかけたりはしない、それは話すんだ、誰も聞いてくれるものがいないから、誰も、誰でもないものに、石はいう、自らの口でも自らの舌でもない石そのものが、石のみがこういう——聞こえるかい、きみ、と。」(160-61)

右の引用中に示されているように、ノッポとチビが際限なく「語る」(reden) 内に、やがて山中の石が「話す」(sprechen) 姿が浮かび上がってくる。この「語ること」と「話すこと」の違いは、きわめて重要だ。[*8] ツェランにおいては、「語ること」が人間による対話を前提としているのに対して、「話すこと」は、もはや人間を話し手としても聞き手としても措定しない、始原的な自然言語の発露なのである。したがって、「誰も石の話すことなど聞いてはいない」無人の自然界においてこそ、石はその非人称的な言語を話しだすことになる。このようにして、もはや人間を相手とせずに話す石は、パーマーの作品のタイトルが示している「話す言語の夢」と密接な関係を持っているに違いない。その点についてこの小論の最終部でさらに検証するために、次章では、ツェランとパーマーによる作品間でどのような対話が行われているかをもう少し解き明かしておきたい。

「ロウソク」から「ランプ」へ——ゼーバルト的な蛾の一群の再生

さて、パーマーの詩篇が、さきほど参照したツェランによる散文作品の細部とさまざまな照合を示していることは、既に明らかだろう。「山中の対話」における主要キャラクターだった「ノッポ」と「チビ」は「話す言語の夢」にも「亡霊みたい」な面影を宿して再登場しているし、彼ら二人が杖で払う植物もあいかわらず「ナデシコ」と「マルタゴン」である。また彼らが山中を歩んでいる点も同じなら、歩んでいる最中にいつ尽きるともしれぬ「おしゃべり」に興じている点まで変わらない。したがって、基本的に「話す言語の夢」は、「山中の対話」の端々に現れる細部をサンプリングしながら再構築した作品として読むことができるだろう。言わばそれは、ツェランの散文を韻文へと圧縮しながら行われた「上書き《オーヴァーライティング》」なのである。

そしてその上書きの中で、パーマーは、ごくさりげない形ではあるが、ツェランのテクストと対話を行っているのである。ここで、改めて「話す言語の夢」の後半部を検証しなおしてみよう。そうすれば、一見しただけではそれらの詩行のほとんどが「山中の対話」のダイジェスト版のようにしか見えないにもかかわらず、いくつか新たに加わった要素が存在することが見えてくるはずである。

たとえば、ツェランとパーマーの両作品に現れる、「ノッポ」と「チビ」について考えてみたらどうだろうか。既に述べたとおり、ツェランにおいては、彼ら二人は基本的には饒舌なユダヤ人の分身である。一方パーマーにおいては、ひとまず表層のレベルにおいては、彼らはパーマーと吉増の二人を指していると見ることができるのかもしれない。ただし、二〇〇七年に来日した折に詩人の野村喜和夫からこの点について尋ねられたパーマーは、「『ノッポ』は必ずしも自分ではないし、『チビ』は必ずしも剛造ではない」と述べ、彼らの間には「役割交換がある」と答えていた（"Noises Not Ours"）。このコメントを尊重するならば、ノッポ＝パーマー、チビ＝吉増と限定する必要はなくなるだろう。むしろ彼らは、共に「ノッポ」でもあり「チビ」でもある。そしてこのような深層のレベルにおいては、パーマーと吉増は、ツェランの心中に生きる文人たちやツェラン自身を反響させている「ノッポ」と「チビ」の役割交換へと参加しているのである。こうして、「話す言語の夢」は、「山中の対話」に現れた多元的な対話空間をさらに増幅させているわけだ。

そしてもう一点、パーマーのテクストをよく検証してみると、ツェランのそれとは決定的に異なる部分が見つかる。まずはここで、「山中の対話」後半部からの抜粋をご覧いただこう。以下に引くのは、この作品の最終部を占めるチビによる長大なモノローグの語りだしにあたる部分である。

……あのときぼくは石の上によこたわっていた、知ってるだろう、石畳の上に、そしてぼくのかたわらにはみんながよこたわっていた、ぼくみたいだった別なひとたち、ぼくとは別な、しかもすっかり同じだったひとたち、ぼくのいとこたち、――みんなもそこに横たわって眠っていた、眠っていた、眠ってはいなかった、夢をみていた、夢をみてはいなかった、みんなはぼくを愛してはいなかった、ぼくもみんなを愛してはいなかった、だってぼくはひとりだったのだから、誰がひとりなどを愛するものか、それにみんなはおおぜいだった、ぼくのまわりによこたわっていたものたちよりもおおぜいだった、誰がそんなみんなを愛するものか、だからぼくも、きみに打ち明けよう、みんなを愛してはいなかった、みんなを、ぼくを愛してくれなかったものたちを、ぼくが愛していたのは一本のロウソク、左のかたすみに燃えていた一本のロウソク、それをぼくは愛していた、燃えつきようとしていたから、いやそれが燃えつきようとしていたからではなく［……］（162）

右に引いた「山中の対話」からの抜粋中では、明らかにユダヤ教の属性を示すシナゴーグの「石畳」と安息日のイメージが出てきており、さらにそのイメージには不可欠な「ロウソク」[*9]が現れている。ツェランのテクストは、ユダヤ的なるものを照射する光源としてのロウソクへの愛と、むしろそういった表象が「燃えつき」てしまうことへの愛との間で引き裂かれた意識を直示していると言えるだろう。ところが以下に引くパーマーの「話す言語の夢」の最終部では、そんなロウソクそのものが見事に姿を消してしまうのである——

Can you hear me? asks Tall.
Do you hear me? asks Small.
Question pursuing question.
And they set out their lamp
amid the stones.（*CM* 70）

聞こえるかい？　ノッポがたずねる
聞いてるかい？　チビがたずねる
質問をつきつめる質問だね。
それから二人は石のあいだに

ランプを一つ据えるのさ。

ご覧のとおり、末尾二行において、ユダヤ教特有の儀式を髣髴とさせるロウソクの代わりにさりげなく「ランプ」が現れており、それが「石のあいだに」置かれている。このように微妙ながらも決定的な操作が「話す言語の夢」において行われた理由は、既に明白だろう。なんとパーマーは、最後にランプを持ってくることによって、あのゼーバルトの『アウステルリッツ』において数多の蛾を呼び寄せていたランプの光を蘇らせたのである。

そもそもこの小論の目的はパーマーの作品「話す言語の夢」一篇の分析だったのだが、その作業を進める過程で、複数の詩人たちの作品に触れることになった。結語をまとめるにあたって、これまでの分析のプロセスを少々整理しなおしておこう。

まず詩篇「話す言語の夢」における「蛾の一群」出現の兆しが、吉増作品の引き起こす回転運動によってもたらされる（この運動の効果については、我々は「エミリー」たちのダンス・パフォーマンスを瞥見することによって確認した）。やがてパーマーが吉増と交わしている対話の基底に、パウル・ツェランの「山中の対話」が潜んでいることが明らかになってくる。するとさらにこの詩の最終部において、パーマー、吉増、ツェランの三詩人が交わす対話の基底に、ゼーバルトの『アウステルリッツ』に出現した蛾の一群のイメージが潜んでいることまでがわかってくるのである。こういった過程を確認してみると、最終的にランプの出現を促したのは、パーマー、吉増、ツェラン、そしてゼーバルトたちが構成する蛾の一群による対話であることが見えてくるだろう。言わばランプは、詩人のゴーストたちによって救い出されたわけである。

繰り返しになるが、最後にこの「言語」と「対話」の関係を見極めるために、もう一度ツェランにおける「語ること」と「話すこと」を想起しておこう。その分類によれば、前者は聞き手となる相手の人間を措定した対話のモードであり、後者は人間の存在が措定される以前に自然界の諸事物が発する始原的な言語のモードであった。さしずめ詩篇「話す言語の夢」における「語ること」にあたるのが「蛾の一群」すなわちゴーストたちの行う対話であるとすれば、「話すこと」にあたるのは言語の「ランプ」が放つ輝きということになるだろう。

さながら群れ集う蛾たちがさまざまな軌跡を描き出すように、さまざまな対話が展開される。そして対話者たちが「語ること」のやりとりを行うさなかで「言語」が出現すると、それはまるでランプのように「話すこと」の光を放ち始める。するとその光を浴びた対話者たちは、ますます旺盛な対話の軌跡を描き出すことになる——およそこのような「語ること」と「話すこと」の間における双方向的な関係性を、パーマーの作品は蛾とランプのイメージに定着させたうえで示している。それはまた、「言語の蘇生」を希求する「夢」のイメージであるとも換言されうるだろう。もちろんそれはあくまでも夢にすぎないので、実際に時代の闇を払拭する力までは有していない。しかし闇の中を生きる我々の心中には、確かにひとつの光明をもたらしてくれる、かけがえのない夢ではないだろうか。だとすれば、おそらくそれこそパーマーの言う「オルタナティヴなヴィジョン」に違いあるまい。

第六章
「誰でもないもの」の声が生じるとき
——パーマーとペトリン

Niemandes Stimme, wieder

一九八四年に出版された詩集『第一の表象』に、パーマーは Niemandes Stimme, wieder というドイツ語のエピグラフを付している——すなわち、「誰でもないものの声が、ふたたび」。これはパウル・ツェランに由来するフレーズだ。それが意味するものをまず確認しておくために、この一行が現れるツェランの詩篇「見開かれた、一つの目」の冒頭部を、原文と和訳で引くことにしよう。

Stunden, maifarben, kühl.
Das nicht mehr zu Nennende, heiß,
hörbar im Mund.

Niemandes Stimme, wieder.（*Sprachgitter* 47）

五月の色をした刻々が、冷たく。
もはや名づけようのないものが、熱く
口の中に聞きとれる。

誰でもないものの声が、ふたたび。（102）

「もはや名づけようのないもの」の気配が「口の中」で察知された直後に、一行分のスペースが無言の無音を物質化する。するとまさにそれに応答するかのようにして、「誰でもないものの声」が生じる——それはひとまず有音であるのかもしれないが、Niemandes Stimme というフレーズの内には、「誰の声もしない」無音もまた確かに潜んでいるらしい。このような二重性を宿す言葉に対して敬意を払うパーマーの作品の読者は、おそらくこれからも「ふたたび」パラドクシカルな事態に直面することになるのだろう。[*1] だがそれにしても、発話者が特定できない「誰でもないもの」の声は、そもそもどのような過程を経て生じることになるのだろうか。そしてその声が果たす機能とは？

こういった問いに対するパーマー自身の反応例の一つを確認するために、ここでトーマス・ガードナーが行ったインタビューの一部をひとまず引いておこう。パーマーの作品においてしばしば認められる「既に消去されてしまったにもかかわらず、ふたたび響き始める声」は、他ならぬツェランのあの一行と通底しているのではないか——およそそのような疑問をガードナーが口にした直後に、二人の間で次のような応答が交わされる。

パーマー　「誰でもないものの声が、ふたたび」。そう、そんなツェランの言葉を援用してしまっていいのだろうかと思ったりすることもあります。もちろんある意味では、わたしにはそうする権利などないのですから。ここで問題となっているのはホロコーストの個人的体験のことであり、消え失せてしまった声について、そして声を喪失してしまった自らの状況について語っている一人の詩人のことです。わたし自身は、すくなくとも外見上はそういった経験から全くかけ離れた生活を送っていますから、彼の経験した悲劇を芝居がかったやりかたで援用するつもりなどありません。しかし同時に、それは作品自体の奥深くに向かって語りかけるものでもあります。だからこそ、わたしはそうしても問題ないと感じたのです。

ガードナー　あなたの作品自体の奥深くということですか？

パーマー　わたしの作品の奥深くということでもあれば、詩そのものの奥深くということでもあります。詩人の究極的な不可視性について述べるキーツや、自己と現存を前景化するホイットマンの作品についても、そのことは言えると思います。（Gardner 2: 287）

このやりとりから察する限り、パーマーは倫理的には非常にきわどい探究であることを承知のうえで、敢えて詩作を通して「誰でもないもの」に迫ろうとしているようだ。なぜならば、それは究極的には「詩そのもの」が発する声に耳を傾けることだからである。だがそれにしても——と、ふたたび問うことをお許しいただきたい——その声は、いつ、どこで、どのように、そしてそもそもなぜ響き始めるのだろうか。

この小論では、パーマーとコラボレーションを行った画家による絵画作品を検証しながら、詩人自身の詩作品にも触れることによって、上に述べた問いの答を求めることにしたい。具体的に言えば、パーマーと長年に渡り親交を結んでいるアーヴィング・ペトリン[*2]の諸作品に、焦点が当てられることになるだろう。パリ在住のユダヤ系アメリカ人の画家として知られるペトリンによる作品のいくつかは、上述したツェランや後述するエドモン・ジャベス等の書き手たちによる作品に対する断片的な応答を示す一方で、まさに「もはや名づけようのないもの」の影をも宿している。それら有形無形の亡霊的発話者たちの間で起こる対話が、どのようにしてパーマーの作品の内で起こる対話と反応しあうかという点を、まず明らかにする。そしてそのうえで、詩人と画家の対話の果てに召喚される「誰でもないもの」の声が果たす役割をつきとめてみたい。

「ホワイトノイズ」の到来——「エコーの湖のための覚書 一」

まずは、一九八一年刊行の詩集『エコーの湖のための覚書』所収の表題連作の冒頭を飾る、「エコーの湖のための覚書 一」を眺めるところから始めてみよう。タイトルが暗示しているように、この散文詩はオウィディウスの『変身物語』で歌われるナルキッソスとエコーの伝説を反映している。以下はその途中からの抜粋である——

"What I really want to show here is that it is not at all clear *a priori* which are the simple colour concepts."

Sign that empties itself at each instance of meaning, and how else to reinvent attention.

Sign that empties . . . That is *he* would ask *her*. He would be the asker and she unlistening, nameless mountains in the background partly hidden by cloud.

The dust of course might equally be grey, the wall red, our memories perfectly accurate. A forest empty of trees, city with no streets, a man having swallowed his tongue. As there is no 'structure' to the sentence and no boundary or edge to the field in question. As there is everywhere no language.（*NEL* 5）

「ここでわたしが本当に示したいのは、どれが単純な色の概念かということが、決してア・プリオリには明らかではないということである。」

一つ一つ意味が例示されるたびに空虚になる記号、そしてそのほかに再び注意を促す方法などあるのだろうか。
空虚になる記号……つまり彼が彼女に質問するのだろう。彼が質問者になり、彼女は耳を傾けないだろう。背景は、ところどころ雲に隠れた名もない山々。
もちろん塵は一様に灰色、壁は赤、わたしたちの記憶は完璧に正確かもしれない。木が一本もない森、通りが一本もない街、自分の舌を呑みこんでしまった人間。そのとき問題になっている「構造」はないし、広がりに境界や端はない。そのとき言語がない場所がいたるところにある。

ざっと眺めたところ、確かにナルキッソスやエコーと思しき者たちの影が見て取れる部分もある。しかしどうもこれは、よく知られた伝説の単なる反映にはとどまらないようだ。そのことは、実は他ならぬこの詩集のカバーが既に暗示しているので、続いてそちらも確認してみたい（口絵2を参照）。一見すれば明らかなように、そこではペトリンの描いた作品が用いられている。ちなみにこちらの作品は「出発」[*3]と題されているし、制作年もこの詩集に収められたパーマーの作品より以前の一九七五年なので、おそらくペトリン自身は必ずしもオウィディウスの物語を念頭に置いてこの作品を制作したわけではないだろう。したがってパーマーは、敢えてこの絵画作品をナルキッソスとエコーの伝説に見立てたうえで採用していることになる。

とは言え、ひとまずパーマーの見立てを受け入れたとしても、それが示しているのは『変身物語』の実に奇妙な解釈だと言わざるをえないのではないだろうか。もし通常通りナルキッソスとエコーの伝説を図示化するのならば、湖水に映る自らの姿に見入る美少年と、彼に語りかけ続ける美少女の姿が描かれるところだろう。ところがペトリンの作品では、湖水が干上がって白い湖底をさらけ出している。しかも前方に見えるナルキッソスもエコーも、共にその属性をほとんど奪われ、白い亡霊のような姿へと化してしまっているのだ。こうなってくると、もはやどちらがナルキッソスで、どちらがエコーか判別することすら難しいと言わざるをえまい。こういったわけで、パーマーの目を通して見たペトリンの作品は、ナルキッソスとエコーが「もはや名づけようのないもの」へと化したときの光景を暗示していると考えられるのである。

そして改めてパーマーの作品に視線を戻せば、どうやらここでもナルキッソスとエコーが果たす役割の問い直しがもくろまれているらしい。そのことは、引用冒頭の挿入句内に収まっているパラグラフからも察せられる。これはウィトゲンシュタインの『色彩について』からの抜粋だ。[*4] ちょうどウィトゲンシュタインが色の名称とそれが示す概念との関係が必ずしも常に固定されているわけではないことに着目しているように、パーマーもナルキッソスやエコーが果たす機能が不安定化される局面に注目しているわけである。その証拠に、たとえばこの引用の二つ目のパラグラフでは、エコーではなくナルキッソスが「語りかける」存在へと化しているし、ナルキッソスではなくエコーがその言葉に「耳を傾けようとしない」存在へと化している。これがオウィディウスの例とは真逆の関係を示していることは、改めて断るまでもあるまい。もちろんこの後に続く段落中でも、映像の増幅者としてのナルキッソスと音響の増幅者としてのエコーの存在がたびたび確認されるのだが、またしても両者の役割は交換されていく。それを確認するために、もうすこし先の詩行も眺めてみよう——

As I began again and again, and each beginning identical with the next, meaning each one accurate, each a projection, each a head bending over the motionless form.

And he sees himself now as the one motionless on the ground, now as the one bending over. Lying in an alley between a house and a fence (space barely wide enough for a body), opening his eyes he saw stars and heard white noise followed in time by a face and a single voice.

Now rain is falling against the south side of the house but not the north where she stands before a mirror.

"Don't worry about it, he's already dead."

"*Te dérange pas, il est déjà mort.*"

"È morto lui, non ti disturba."

She stands before the mirror touches the floor. Language reaches for the talk as someone falls.
A dead language opens and opens one door.

So here is color. Here is a color darkening or color here is a darkening. Here white remains. . .
（*NEL* 5-6）

そのときわたしは何度も何度も始める、そして始まりの一つ一つが次の始まりと同一なので、一つ一つが正確であり、一つ一つが投影であり、一つ一つが動かぬ人影のうえに屈みこむ人の頭だということになる。

そして彼は、自らを地上の動かぬ存在とみなすこともあれば、屈みこむ存在とみなすこともある。家と柵の間（やっと人一人が通れる程度の隙間）に身を横たえ、眼を開き、彼が見たのは星空、続いて聞いたのはホワイトノイズ、やがてやってきたのは顔一つに声一つ。

その家の南側には雨が降りつけているが、彼女が鏡の前に立っている北側はそうではない。

「心配するな、彼は既に死んでいる。」

「心配するな、彼は既に死んでいる。」

「彼は死んでいる、心配するな。」

彼女は鏡の前に立っている彼女は床に触れる。誰かが落ちるときに言語は語りに手を差し伸べる。死んだ言語が開き、ドアを開く。

だからここには色がある。ここにあるのは暗くなる色、あるいはここにある色は暗くなる。ここに白が残る……

ご覧のように、この引用の後半部では、ナルキッソスの死を告げるエコーの声が、英語とフランス語とイタリア語の三カ国語で反復されている。しかし当のエコー自身が「鏡の前に立ち」自らの姿を増幅させるナルキッソス的な様相を帯び続けるため、やがてナルキッソスのものともエコーのものともつかない「死んだ言語」が現れるのである。こうして、ナルキッソスとエコーが役割交換を繰り返し、お互いがそれぞれの属性を奪われた「一つの顔と一つの声」へと化したとき、「ホワイトノイズ」の響きが起こり、「白」という色彩が前景化してくるわけである。では、この白い響きと色彩は、いったいなにを意味しているのだろうか——おそらくそれらは「誰でもないもの」の声と姿を表象しているのではないかと推測されるが、しかしそれではいささか話を急ぎすぎかもしれない。この小論の冒頭で予告しておいたとおり、これからさらに別な作品をパーマーの詩作品と共に参照してみよう。

正体不明の白——「この布人形のこと」

続いて、詩集『第一の表象』に収録されたパーマーの短詩「この布人形のこと」を読むことにしてみたい。以下にタイトルも含めたその全文を引こう。

Of This Cloth Doll Which

(Sarah's fourth)

Of this cloth doll which
says Oh yes
and then its face changes
to Once upon a time
to Wooden but alive

to Like the real
to Late into the night
to There lived an old
to Running across ice
(but shadows followed)
to Finally it sneezed
to The boat tipped over
to Flesh and blood
to Out of the whale's mouth (*FF* 77)

この布人形のこと

(サラの四篇目)

この布人形のこと
いいですとも　と言ってから
顔が変わる人形のこと
昔々へと

木でできているけれども生きているへと
本物みたいへと
夜遅くへと
そこで暮らしていたのは一人の年老いたへと
氷の上を駆け抜けるへと
（けれども亡霊たちが追いかけた）
ついにそいつはくしゃみをしたへと
船がひっくり返ったへと
生身の体へと
クジラの口から飛び出したへと

一読すれば察せられるように、これはまだ当時は幼かったパーマーの娘サラに捧げられた詩篇であり、実際に子供向きの平易な語彙を用いて書かれてもいる。だが内容的には、やはり一筋縄ではいかないものを秘めているようだ。それに迫る際には徒手空拳でも十分なはずだが、実はこの詩篇についてはパーマー自身がささやかなコメントを残している。[*5] これはこれでなかなか興味深い情報だし、押しつけがましい「自作解説」ではもちろんないので、すこしばかり参考にしてみることにしよう。

さて、それによれば、この作品を書くきっかけを詩人にもたらしたのは、サラが実際に持っていた布人形だったらしい。とは言え、パーマーもサラもこの玩具を非常に嫌っていたのだという。それもそのはずだ。なぜならば、これはカルロ・コッローディの童話『ピノッキオ』の各場面をイラストと言葉で示す人形だったのだが、話が進むたびに顔が変化していくという不気味なからくりを備えていたからである。具体的に言えば、その顔は男性から女性、少年から老人、邪悪な人間からクジラへと変わり続けたし、さらには木の人形から生身のピノッキオ少年へまで変わった。しかもおぞましいことに、それは『ピノッキオ』に登場するキャラクターのみでなく、この童話に現れる「光景」にまで変化したそうである。このように過激な変貌の連続が、パーマーにとってもサラにとってもひどく気味悪く感じられたであろうことは、想像するに難くない。

以上のような背景を踏まえたうえで改めてこの詩篇を眺めてみると、パーマーが一種の悪魔祓いを行うために、敢えて人形のグロテスクな変貌ぶりを自身の詩作へと招き入れていることが見て取れる。どうやら彼は、布人形が示す『ピノッキオ』のダイジェスト版中のさまざまなフレーズを、自由かつ周到にサンプリングしながらこの詩を構成しているらしい。その効果はいくつか考えられるが、おそらくまず見て取れるのは、コッローディの原作に特有の教訓臭がパーマーの作品ではきれいに払拭されている点ではないだろうか。ご存知の通り、原作中のピノッキオは悪人にたぶらかされて夢の島で放蕩三昧の時を過ごすものの、やがて改心して学校へ通い一生懸命勉強することを誓った結果、晴れて生身の人間となる。ところがパーマーの詩篇は断片的で非時系列的なイメージの列挙によって成立しているために、道徳教育的な要素がすっかりかき消されてしまっているのである。とりわけこの特徴は、この作品の最終行が原作とは対照的なオープンエンディングとなっている事実から察せられるだろう。それにしても「クジラの口から出てくる」ものとは、いったいなんなのだろうか。既に童話の物語が解体されてしまっているのだからその正体は知る由もないが、すくなくともここから改心したピノッキオ少年が姿を現す気配はなさそうだ。

ただしこの正体不明な存在について考えるうえで、さらに参考になりそうな資料がある。実はパーマーのこの詩篇は、先述のようにまず『第一の表象』に収録された後に、彼がペトリンと共に制作した詩画集『サラに捧げる歌』（一九八七年）に再録されている。しかもこの詩画集中では、この詩篇のためにペトリンが描いたパステル画が、見開きページに二枚並べて掲載されているのだ（口絵3と4を参照）。前章で紹介した詩集『エコーの湖のための覚書』のカバーはパーマーによるペトリン作品の解釈を示していたが、こちらの例はペトリンによるパーマー作品の解釈を示しているわけである。

そんなペトリンによる二枚のパステル画を眺めてみると、彼もまた『ピノッキオ』原作の筋書きにとらわれることなく、さまざまなイメージのサンプリングを行っていることがまず見て取れる。とりわけ彼が反応しているのは、やはりパーマーの詩篇において顕著だっためくるめく変化の諸相であるらしい。なるほど二枚の絵はお互いに似通ってはいるのだが、似通っているからこそいくつかの差異を両者の間で認めることができるのである。たとえば、口絵3は画面右奥の山の手前にログハウスらしきものが見えるが、口絵4ではそれは山とほぼ一体化してしまっている。また双方の絵に点在する小さな立像の配置もわずかずつずれているし、一方では辛うじて人影のように見えるかと思えば、他方ではもはや手足の輪郭まで薄れてしまった亡霊のように見えたりもする。なによりペトリンの絵において決定的な変化を示しているのは、白という色彩そのもののありさまだろう。口絵3では大地全体が白一色で覆われているので、この光景全体が雪景色であるかのようにも見える。ところが口絵4では、白は一体化した山とログハウスの背後に姿を見せているものの、もはや山とも雲ともつかないエクトプラズムのような有様を示しているのである。あるいはこれを雲と一体化した山に見立てることもできるのかもしれないが、だとしても得体のしれない印象は拭えない。

こうしてペトリンは、ちょうどパーマーがクジラの口から飛び出る正体不明の存在を暗示したように、「誰でもないもの」を不定型な白によって暗示しているわけである。それは詩人の作品が示した謎の解答を読者に与える代わりに、謎そのものの得体の知れなさとそれゆえの魅惑を増幅していると言えるだろう。それら両要素の強度がピークに達する九〇年代の画家の作品と、それに触発された詩人の作品の双方を、これから分析していくことにする。

浸潤する白――ペトリンの「セーヌ・シリーズ」

一九九五年から九六年にかけて制作された「セーヌ・シリーズ」は、ペトリンの二十世紀末を代表する連作の一つである。油彩とパステルを併用した全十点からなるこの作品群の複雑な特徴を要約することは、極めて難しい。だがひとまずそれらは、セーヌ川とその周囲に点在する事物のイメージを再構成し、さらに直接・間接を問わずそれらの事物に関連するさまざまな記憶を照射することによって成立していると言えるだろう。ちなみにパーマーは、この連作が仕上げられた一九九六年の五月にペトリンの作品を扱う画廊から招聘され、パリに滞在している。そして「どんな形でもいいので自らが好む方法で「セーヌ・シリーズ」に反応してほしい」（*AB* 157）という依頼に応えた彼は、結果としてこの連作をめぐるエッセイ「語りえないものの言語——アーヴィング・ペトリンをめぐる覚書」を執筆し、さらに「セーヌ・シリーズ」の兄弟篇のような自らの詩篇「白いノートブック」を書き上げることになったのである。

後者の詩篇については後ほど改めて取り上げることにし、まず前者のエッセイを適宜参照しながら、「セーヌ・シリーズ」の第一作目「洪水のセーヌ川（大気に包まれて、炎に包まれて）」[*6]を眺めてみることにしよう（口絵5を参照）。パーマーが「セーヌ川（洪水）」と呼ぶこの作品は、一九九五年一月にセーヌ川が豪雨のために氾濫したことがきっかけとなって生まれた。その特徴について、詩人は次のように語っている。

第一作目の「セーヌ川（洪水）」は、本質的なものを決定し、連作全体を支える方法論的に圧縮された枠組みを形作っている。左手にトゥールネル橋が見える。ほぼカンヴァスの中心、シテ島の上にそびえているのがノートルダム寺院で、ペトリンによれば、これは連作全体の「消滅する頂点」、「空虚へと化す中心」を示している。それから画面のずっと右手の方には、ジャン・ヌーヴェル設計のアラブ世界研究所が見える。ノートルダムの土台の近くには、暗示されているだけで見えないが、ホロコースト博物館がある。粉々になり、粒のようにまき散らされた微細な赤や黄色のかけらや筋が、空を点々と彩る。蜘蛛の巣状のアンテナや煙突上部の通風管が、耳を澄まし、目を凝らして、遺物としての存在を際立たせている。川は俯瞰の視線にさらされ、まるで複数の、突然に移り変わる視点から同時に捉えられているかのように描かれている。「今とかつて」や「近いものと遠いもの」が作用し始める。そこから始まり、作品はさまざまな反響室に共鳴を引き起こす。（*AB* 158）

極めて行き届いた右の分析に付言すべきことはあまりないのだが、このパノラミックな作品がセーヌ河畔の光景をそのまま示しているわけではないという点については、すこしばかり強調しておいてもいいかもしれない。たとえばパーマーが指摘しているとおりアラブ世界研究所は確かにセーヌ左岸のほど近くにあるのだが、実際の研究所は堂々たる現代建築物であるのに対して、ペトリンの作品ではほとんど亡霊のようにかすかな存在感しか有していない。おまけに画面下方に見える「蜘蛛の巣状のアンテナや煙突上部の通風管」はセーヌ河畔の光景ではなく、実はそこからすこし離れた場所にあるペトリンのアトリエの窓外に見える光景なのである。こういった点からも、セーヌ連作において「近いものと遠いもの」がすこしずつ作用し始めていることが察せられるだろう。

そしてさらに、「今とかつて」も「セーヌ・シリーズ」中で共存していることを示すために、第四作目にあたる「消え失せたものたち（パウル・ツェランのために）」も眺めてみたい（口絵6を参照）。タイトルが示しているように、この作品は第二次大戦後のパリで暮らし、一九七一年にミラボー橋から身を投げたツェランに捧げられている。第一作目と同様、ここでもトゥールネル橋、ノートルダム寺院、アラブ世界研究所等が確認されるが、その一方でこの作品固有のイメージもいくつか見受けられる。まず光景全体としては、灯火管制がしかれた大戦中のパリ市街が描かれている。空中にいくつも見える飛散物のような黒い染みが示しているのは、敵軍の戦闘機に対して発射された対空砲火だ。その一方で、画面のほぼ中央にトゥールネル橋とは形が異なる橋の輪郭が見える。極度に単純化された描線のみで表現されたそれはほとんど透明化されているため、橋の実体というよりは、まるでその亡霊のようなたたずまいを示している。したがってその正体はもはやつきとめようがないのだが、どうやらその機能の一つは、過去と現在を結びつけることであるらしい。その証拠に、画面下方やや右手に見える半崩壊したビルディングは、一九九六年に勃発したチェチェン紛争下のグロズヌイの惨状を示している。その左側にはペトリンのアトリエの窓外に見える家並みも出現しているが、よく見るとそこにある窓には光が灯っている。パーマーの解説によると、これはもはやこの世に存在しないツェランに捧げられた灯火であるらしい（*AB* 159）。こういったイメージまで考慮に入れれば、この作品はツェランをしのぶ「遠いものと近いもの」あるいは「今とかつて」を反響させあうことによって、二十世紀という時代自体に対するレクイエムを捧げているのだと推測できるのではないだろうか。

そして多様なイメージの共鳴現象が引き起こす結果は、シリーズ中の五作目にあたる次の作品「セーヌ川（パリは白い）」において、ついに明らかとなるだろう（口絵7を参照）。先ほどの作品がツェランに捧げられていたのに対して、こちらはエジプト出身のユダヤ系フランス人の詩人、エドモン・ジャベスに捧げられている。パーマーも指摘している通り、作品のタイトルはジャベスの代表作『書物への回帰』に由来する。ここでその該当箇所を眺めてみることにしよう。ちなみに以下の引用は、サラというユダヤ人の少女が、ユーケルという同じくユダヤ人の青年とパリ市内で初めて出会った際の出来事を回想するシーンを含んでいる――

明るい秋の朝。陽は地面を探っている。そして大気は赤茶色に染まっている。サラとユーケルの物語は、不幸な恋人たちの口の先まで出かかっている。彼らは、一瞬ごとに花開く肉体と魂の春を知ると微笑んだ。彼らは、嵐が浜辺を荒らすのを見ると涙をこぼした。
ああ、どうか愛撫が皮膚の下にもありますように、骨と血に届きますように。
パリは白い。パリは白さの中でパリに辿り着く。その建造物はあらためて時代を呆然とさせるのだ。

ここ、オデオンの十字路で、五年前にわたしはユーケルに出会いました。ちょうどわたしは自宅から出たところでした。数歩も進まぬうちに、もう彼はわたしに追いついていました。どちらが声をかけたのか、もうわたしにはわかりません。わたしたちはならんで歩いていました。わたしたちは二つの息吹、二つの谺でした。長いこと中断されていた対話を再び続けているような気がしました。わたしたちの文章は、隔たりによって鍛え上げられ、常に一つの古い秩序に従いながら、沈黙の極限へと刻み込まれていたのです。(144)

『書物への回帰』は単一の物語が時系列順に整然と進行するタイプの作品ではないので、そのプロットを要約することは難しい。しかしすくなくともサラとユーケルについて言えば、彼らはそれぞれ第二次大戦下のユダヤ人として悲劇的な末路を迎える。彼ら「不幸な恋人たち」が、この世において結ばれることはけしてないのである。しかしパリという都市空間の「白さ」がジャベスのテクストへと侵入した直後に、二人のかけがえのない出会いが、他ならぬサラによって（より正確に言えばサラの亡霊によって）想起されるわけである。そしてこのようなエピソードを踏まえたペトリンの作品も、一見して明らかなように、圧倒的な白に浸潤されている。その色は天空のオレンジ色とのあいだで鮮烈なコントラストをつくりだしながら、これまで連作に現れたさまざまなイメージ群を解体し、文字通り漂白し始めているようだ。

以上のように、種々のイメージとエピソードが反響しあうペトリンのシリーズ中でも、その共鳴がピークに達すると正体不明の白という色彩が召喚される。それが果たす役割をさらに追及するために、「セーヌ・シリーズ」に触発されて生まれたパーマーの詩篇「白いノートブック」を最後に分析してみたい。

「意識の楽器」の調律――「白いノートブック」

ではこの作品の冒頭部を眺めてみることにしよう。

> But we have painted over the chalky folds,
> the snow- and smoke-folds, so carefully,
> so deftly that many（Did you bet

on the margins, the clouds?) that many
will have gone, unnoticed,
under. Water under water,

"earth that moves beneath earth."
We have added
silver to the river, dots of silver,

red, figures-which-are-not. Tell
me what their names might have been,
what were last and first, what spells

the unfamiliar, awkwardly whispered, syllable?
And what of the blue rider, the Arab
horseman, the *cavalier* composed

of two shades of blue, one

from Vermeer's Delft, the other
from that metallic element called

cobalt, *Kobolt*, goblin?（*PG 3*）

けれども折り重なる白亜の層の上に
雪と煙の層の上に　とても念入りに　とても巧みに
わたしたちが描いたのはあのいくつもの（余白だと
きみは思ったのか　それとも雲だと思ったのか）あのいくつもの
人知れず　下方へと　消え失せて
しまうことになる存在。水の下を流れる水

「地底でうごめく大地。」
川にわたしたちが加えたのは
銀、銀の点

赤、存在しない者たち。教えておくれ

そんな者たちにどんな名前がありえたのか
どんな姓名があったのか　どんな綴りが
聞きなれない、ぎこちなく囁かれる、音節にあてられるのか。
それに青い騎士、アラブの
騎手はどうなるのか　一つは

フェルメールのデルフト、もう一つは
コバルト、鉱山の精《コボルト》、小鬼《ゴブリン》
などと呼ばれる二つの青い色彩が

現す騎兵はどうなるのか

思い返せば、先に検証したペトリンの「セーヌ・シリーズ」は、時空を超越したイメージ間の対話の果てに白という色彩が出現することを示していた。しかしこの詩篇は、むしろまずその色彩に直面するところから始まるようだ。それはすべてを覆い尽くす圧倒的な色彩だが、敢えてさらにそのうえに「とても念入りに、とても巧みに」描かれたものが数え上げられ始めるわけである。興味深いのは、それらを描いたのが一個人にとどまらぬ「わたしたち」であると述べられている点だろう。もしここで念頭に置かれている描き手が単に「セーヌ・シリーズ」を手掛けた画家のことだとすれば、もちろんそれはアーヴィング・ペトリンに他ならない。しかし描き手は一人称複数の人称を与えられているのだから、すくなくともそれはペトリンのみに帰せられるものではなさそうだ。とすれば、この「わたしたち」とはいったい誰なのだろうか。いくつかの候補が考えられるが、ひとまずここでは、あのユーケル／サラのカップルとしてこの人称をとらえてみるのが有効かもしれない。というのも、三行目から四行目にかけて現れる括弧内のフレーズは、実はジャベスの『問いの書』に現れるサラの言葉を踏まえているからである。同書中には「恋人たちの時間」というセクションがあり、そこではユーケルとサラが謎かけのような対話を行いながら、「自らの痕跡を見出そうとしている足跡」(226)を探り続ける。ちょうどそのようにして、「白いノートブック」におけるユーケルとサラも応答を交わしつつ、やがて「消え失せてしまうことになる存在」の足跡を二人で見出そうとしているわけである。

その結果見出されるイメージはさまざまだ。ルーブル美術館が所蔵するフロマンタンの小品「アラブの騎手」やマウリッツハイス美術館が所蔵するフェルメールの名画「デルフトの光景」等の絵画作品から、果てはいたずら好きの精霊ゴブリンの姿までもが見受けられる。しかしとりわけ目を引くのは、やはりジャベスの姿がこの詩篇中のそこかしこに垣間見られることだろう。ただしジャベスを踏まえたフレーズがどれも純然たる「引用」ではなく、すこしずつ変形を加えられている点については注意を払っておきたい。そのことは、たとえば以下に引く「白いノートブック」の中ほどに現れる三行からも確認される——

I met her there at the crossroads.
I don't remember who spoke.
Two breaths, two patterns of echo.（*PG* 4）

十字路でわたしは彼女に出会った。
だれが話したのかは覚えていない。
二つの息吹、二つの谺。

右に引いた詩行は、明らかにユーケルとサラが初めてオデオンの十字路で出会いを果たす『書物への回帰』中のシーンを踏まえている。ただし、ジャベスの例では話し手がサラであったのに対して、パーマーの例ではユーケルと思しき「彼」が回想者として声を発している。この点は見逃せないだろう。こうして「白いノートブック」という詩篇は、サラとユーケルの声という「二つの息吹、二つの谺」が、自在に役割交換を行えることをさりげなく示しているわけだ。しかもこの出会いのシーンはさらに変奏され、「白いノートブック」の末尾にまたしても現れるのである——

We met there at the crossroads
near the small arcades.

I can't recall who first spoke,
who said, "the darkness of white."

We shared one shadow.
In the heat she tasted of salt.（*PG 5*）

十字路でわたしたちは出会った
連なる小さなアーケードの近くで。

だれが最初に話したのか思い出せない
だれが「白の闇」と言ったのか。

わたしたちの影は一つになった
熱を帯び彼女は塩の味がした。

もはやこの段階に至ると、「十字路」における出会いを果たす者たちは多元的な「わたしたち」へと化しており、パーマーの詩篇という「アーケード街」に出入りするさまざまな固有名を含む集合体へと転じている。彼らはもちろんユーケル／サラのペアであるだろうが、ペトリン／パーマーでもあればツェラン／ジャベスでもあるだろうし、おそらく可視の亡霊／不可視の亡霊（「存在しない人影」）ですらあるに違いない。それらすべてが「一つの影を共有した」結果として成立する人称こそ、「わたしたち」なのである。

さて、以上の諸例は、この詩篇中に現れるジャベスの作品を踏まえたフレーズが厳密に言えば引用ではないことを確かに示している。ところがその一方で、実は「白いノートブック」にはれっきとした引用例も見受けられるのだ。この点についてもすこしだけ付言させていただこう。引用句の一つは冒頭に含まれる「大地の下で動く大地」というフレーズであり、もう一つは末尾に現れる「白の闇」というフレーズである（両方とも既に拙文中に引用されているので参照されたい）。ただしこれら二つのわざわざ引用符を付されたフレーズは、どうやら特定の詩人や作家のテクストを出典としてはいないらしいのである。ならば結局のところ、これら引用元の正体を突きとめられないフレーズの語り手とは、いったい何者なのだろうか。

結論から言えば、まさにその語り手こそ「誰でもないもの」に他ならない。それは地上に存在する可視の事物のイメージとしては決して定着されえないので、「大地の下で動く大地」という喩えを通して自らについて語る。かと思えば、それは「白の闇」という撞着語法的な表現によって自らを表象してもいる。そしてここでまたしても現れている「白」という色彩は、既に確認したように本質的に「拒絶の白」でもあるのだから、視線の介入を常に拒絶する「闇」の性格を有している——こういった諸条件にぴたりと合致する語り手がいるとすれば、やはりそれは、もはや正体を突きとめがたい「誰でもないもの」ではないだろうか。こうして「白いノートブック」の読者としてのわたしたちは、まず圧倒的な「白」と直面した後に、可視のものたちと不可視のものたちの双方に遭遇し、やがてふたたび「白」との邂逅を果たす。その一連の過程を体験する内に、わたしたちはいつの間にか「誰でもないもの」の声を耳にしていたことに気付くのである。

では、そのうえで改めて問うことにしよう。この声が果たす役割とは、いったいなんなのだろうか。改めて「白の闇」というフレーズに着目すれば察せられるように、この詩篇の最終部では「闇」の連想から一つの「影」が生じている。既に述べたように、この影は多元的な組み合わせの「わたしたち」に帰しているのだから、その正体を完全に限定することはできない。しかし敢えてここでひとつの可能性を探るために、この一人称複数形の代名詞を、サラとユーケルのカップルとして捉えなおしてみたらどうなるだろうか。その場合には、この詩篇の末尾二行は、それまで離れ離れだった彼らがついに一体となり「影」を共有する決定的な一瞬を示していると考えられるはずだ。ジャベスにおいては辛うじて回顧されるのみだったサラとユーケルの出会いは、パーマーにおいては「熱」を帯びたほのかに官能的な融合のイメージへと密かに転じているわけである。

もちろんこのようにかすかな救いのイメージは、あくまでも一つの可能性のみを示しているにすぎないのだから、それを過大評価することは控えておかねばならない。結局のところ、「塩の味」を帯びた女性の姿は、たとえばあっけなく塩の柱へと化すロトの妻の姿へと転じてしまう危うさと無縁ではありえないのである。だがすくなくともこのイメージは、救済と悲惨がつりあう瞬間をもたらすために必要とされる複数の可能性を示すことには、なんとか成功していると言えるのではないだろうか——だとすれば、それこそが「誰でもないものの声」の果たす役割に他なるまい。

ちなみにパーマーは、二〇〇七年に来日した際に、このような役割についてさらに考えるうえで興味深い発言を残している。

以前にも言ったように、詩そのものは物事をとめる手立てになどなりませんし、忌わしい物事が起こらないようにする力も持っていません。もし持っていれば、歴史は今あるものとはずいぶん違っていたはずですし、未来においてもそうでしょう。しかしわたしたち自身が意識と理解力を持つ楽器であるとすれば、その楽器が調子はずれになってしまったときにこそ、詩がそれを調律し、再調律するための方法の一つとなってくれます。ハープシコードかなにかのように、人はみな調子はずれになってしまうものです。詩を書き、それに耳を澄ます過程は、そんな楽器を調律し直し、固有のハーモニーを取り戻すことに似ているとわたしは思います。楽器が再調律されると、わたしたちは正気に返ります。ちょうど人類史においても、折に触れてそうなったように——正気と闇、あるいは覚醒と混沌のサイクルを、わたしたちは描き続けるのです。

（「目覚めのために——マイケル・パーマー」）

「意識の楽器」を調律すること——その役割を果たすものこそが、「誰でもないものの声」なのだと考えることもまた可能ではないだろうか。ふりかえってみれば、「白いノートブック」は「白亜の層」に始まり「白の闇」を経て「塩」で終わる詩篇であり、その過程においても幾度となく「白」を召喚する作品だった。したがってその色彩は、「誰でもないもの」の声がパーマー作品中で響くのは一度きりではなく、「ふたたび」響く可能性を常に秘めていることを示していると考えてもいいだろう。もちろんその声が繰り返し響いたところで、戦争や惨事の到来をとどめられないことは言うまでもない。それはパーマー自身が折に触れて指摘しているとおりである。しかし「白いノートブック」の末尾において確認されたように、もし「誰でもないものの声」が絶望と背中合わせのきわどい旋律を一瞬だけでも放ちうるとすれば、すくなくともそれはまったく無価値ではないはずだ。その響きはきっと、我々の意識という楽器がすっかり調子はずれになってしまったときに、ふたたび調律を図るための手立てを与えてくれるのだろうから。

第Ⅲ部　資料編

資料一

犬と狼のあいだで

――パーマーとのインタビュー

以下のインタビューは、二〇〇三年十二月二十六日の昼下がりに、サンフランシスコのパーマー邸で行われた。対話中で言及されるパーマーの詩篇「I Do Not」は、詩集『ガラスの約束』所収の一篇。マーガレット・ジェンキンズ・ダンスカンパニーの作品「May I Now」（二〇〇一年）のテクストとして採用された詩篇である。なお筆者が編訳したパーマー詩集『粒子の薔薇』は、二〇〇四年に思潮社より刊行された。

＊

――最初にお尋ねしたいのはあなたの最近の作品についてです。最近といっても、この十年ほどの期間にわたって書き継がれたあなたの作品、具体的には『アット・パッセージズ』（一九九五年）と『ガラスの約束』（二〇〇〇年）に収録されている作品のことですが。わたし自身、今回あなたの作品の選詩集『粒子の薔薇』を刊行するために翻訳を進めているあいだにも、いろいろと気づく点がありました。おそらくあなたは新詩集『蛾の一群』刊行の準備段階に入り、以前とはかなり異なった段階に入っているのだろうと思うのですが……。

パーマー 自作について客観的に語ることはなかなか難しいですが、わたしにとって詩は常に進行形の探求を示すものであって、ある一時期を固定するものではないということは言えますね。言葉のテクスチャーについて言えば、わたしのもっと初期の作品は、おそらく内面的、錯綜的、断片的な要素が強いものでした。その要素は今でも残っていますが、近作では奇妙にパブリックでカーニヴァル的な語りの要素が際立ってきたと思います。発話行為の要素が強まりました。その結果を要約することは難しいですが、日常言語への関心――これは先日あなたに話した後期ウィトゲンシュタイン的な実践とパラレルに語りうるものですが――それが深まったために、以前よりもプライベートな要素が薄れ、感情移入がしやすくなったということは指摘されえます。すくなくとも明らかなのは、複数的な主体の作用が、初期作品とは非常に異なった状態で引き起こされているということでしょう。もちろん『アット・パッセージズ』と『ガラスの約束』について言えば、まるで二十世紀をいろんなレンズを通して観察しているかのようでした。めざましい進化とホロコーストと原子爆弾の悲劇の時代に生まれた詩人として、これら「語りえないもの」について思索することは必然的な行為だったのです。いま原稿の状態でわたしの手元にある最新作『蛾の一群』も、そういったテーマを引き継いではいますが、その一方で、これは二十世紀と二十一世紀にまたがる詩集にもなっています。これはいろんな意味で興味深いですね。わたしは常に二十世紀のなかで生きていたのに、突然その世紀が後方へと消え去ってしまったんですから（笑）。

そんな要素もありますし、この恣意的な新しさ、単にカレンダー上の規則に基づくにすぎない新しさは、政治的にも極めて強烈な印象を与えます。たとえばブッシュ政権の軍国主義は、アメリカを原始的な帝国主義国家の原型へと逆行させる試みであると言えます。彼らが「本来の目的」についてなんと言おうが、そのすべてが偽りだと言っても過言ではありません。こうして、突然わたしたちは、アメリカで生まれた国際的なカタストロフと直面する狂気の時代を生きることになってしまいました。アメリカ国内について言えば、わたしたちの時代は抑圧と猜疑心に満ちていますし、民主主義を形成する概念は根底から侵食されています。それに極右勢力の台頭は、なんらかの形でパブリックな領域に関与する芸術家たちに、ひどい圧力を与えています。多くの芸術家たちが、どうにかしてそれに対する反応を返す責任があると感じています。たとえばある種の詩人たちの近作では、嘲笑やブラックユーモアの要素が顕著に認められます。なんと言ってもあの大統領は道化そのものですし、選ばれるべくして選ばれたのではなく、どさくさにまぎれて政権を手中にしてしまったのですから。ある種のクーデターですね。これは人権、市民権、そして文化にとって極めて悲劇的なことです。なにしろ彼は、芸術が社会になにをもたらしうるかなどということは、まったく眼中にしていない存在ですし……。

——そんな大統領がつくりだすのは「詩を一掃した領域」（poetry-free zone）だと、あなたは別なインタビューでおっしゃっていましたよね。

パーマー　その意味では、大統領は彼独自の純粋言語を開拓しているわけです。完全に「詩を一掃した領域」。実に驚異的ですね（笑）。そしてこれは非常に危険なことでもあります。かつてのファシズムでは、その初期段階において、国粋主義が宗教的狂信と連動しました。もちろんすべてのファシズムがそうなったわけではないにしろ、スペインのファシズムにもポルトガルのファシズムにも、そのような特徴が認められました。フランスのファシズムはカトリック信仰と連動しましたし、いまアメリカで起こっている極右運動は福音主義と癒着しています。これは本質的に、まともな科学的知性や理性に背くものです。我が国の大統領が促進する国内外の徹底的な環境破壊の時代は、あまりにも暗澹としているので、ほとんど滑稽なほどです。ある意味でわたしの作品のトーンがばかばかしいほどユーモラスな方向へと移行したのは、それがこんな時代に反応する唯一の方法だからです。わたしたちが二十世紀に葬り去ることを望んだ、このグロテスクな驚異の復活に向かい合うために選ばれた方法なのです。

他方、これはアメリカだけの話ではありません。イタリアのベルルスコーニが率いる政党は第二次大戦後のファシズム直系ですし、スペインでもフランコの流れを汲んだ政権が生まれました。組織的なファシズムの復活ですね。こんな時代にわたしの作品が必然的に実現しようと試みるのは、虚偽で作り出された壁、言語操作によって構成された壁を突き破ることとです。こういった壁をつくるために一心不乱になっている政治家たちは、公益に反することを実現しようとしているにもかかわらず、人々を説得しようと躍起になっています。わたしの創作が、このような状況に対する焦慮を示していることは間違いありません。

そしてこの状況は新しいものであるだけでなく、我が国では見覚えのあるものでもあります。わたしが詩人として本格的に歩み始めたのはベトナム戦争の時代でしたが、その時代にも、政治的状況は非常に異なるとは言え、極めて現代のそれと類似した言語と大衆の言説に対する操作が行われていました。もちろんわたしの詩はあからさまな反戦詩風の外見を有しているわけではありませんが、こういった言語の状況に対峙し、制度化された理解の習慣に抗い、抑圧的な戦略を破壊するための媒介となることを願っています。だからある意味では、わたしの試みは過去に行われた試みと同じであると同時に、まったく異なるとも言えますね。

――あなたの作品は、単なる個人的な感情表白やプロパガンダの標榜に堕したりしませんね。そういった観点から見ると、あなたの選んだ「破壊」という用語は非常に適切だと思います。芸術家が政治的な認識をもつことはとても重要ですが、それを自らのヴォイスのみによって特権的に表現できると信じてしまえば、その信憑自体が抑圧と化してしまいかねません。あなたはそれを十分認識したうえで、破壊という行為の可能性を探っているのだと思います。

パーマー　そうですね。すくなくとも実作中では、わたしは「わたし」の見解や、それを作品中で表現することになど、あまり関心を持っていません。むしろ関心を持っているのは、どのようにしてわたしたちが言語のなかで、そして社会のなかで存在しているのかということです。なんといってもわたしたちは、アメリカ社会という物質的には極めて快適な空間のなかで暮らしています。しかしここは、芸術家も芸術作品も生き残るのが非常に困難な社会でもあって……。

――たとえばいまわたしは、サンフランシスコはダウンタウンのパウエル・ストリート沿いに建つホテルに滞在しています。一歩外に出れば、そこはもう商魂たくましい観光地のど真ん中であるわけですが、その光景を思い浮かべてみるとすこしはあなたのおっしゃる困難がわかる気がしますね。

もっとも、あくまでもこれは観光を満喫している一旅行者の感想に過ぎませんが。

パーマー　（笑）あそこは物質主義に支配された社会の典型ですからね。芸術家は、そういった社会でも活路を見出さねばなりません。なにしろここが、わたしたちが生きている世界なのですから。それに、完全に機能的な社会で生まれる芸術作品が興味深いかどうかは疑問ですし。ゆっくりと完成へと近づいているわたしの新詩集でも、こういったテーマは浮上しています。

──その新詩集というのは、『蛾の一群』のことですね。

パーマー　そのとおりです。

──もしよかったら、もうすこしその近刊予定の詩集についてのコメントをいただけますか。たとえば、そのタイトルについて伺ってもよろしいでしょうか。

パーマー　ご存知のように、『蛾の一群』に先行する詩集は『ガラスの約束』ですが、それはある種のユートピアニズムを暗示していました。ヴァルター・ベンヤミンが『パサージュ論』で表明していたような、ガラス建造物への嘱望ですね。もちろんこういった二十世紀的な嘱望は、木っ端微塵に打ち砕かれ、断片化してしまいました。だからあの詩集のタイトルは、二十世紀的な芸術思想のユートピアへの希求と、その根源的な不可能性をともに示していたことになります。一方、新詩集のタイトルはそれに対する黄昏時の後書きを意味していると言えます。蛾は黄昏を暗示するでしょうし、薄暗い空間に生息する存在としては、闇のなかで創作する詩人にも通じるものがあるでしょうからね。同時に、蛾というものは詩における隠喩としては使い古されていますから、それに対する挑戦も意図しています。ちょうどわたしの詩集『太陽』もそういう挑戦の一種だったように。

この詩集は、薄闇の余白に息づく生をめぐる洞察から始まりました。それがもっとも適切な言い方でしょう。ある時点で、おそらく表題作の「蛾の一群」が生まれたときに、明らかにゆるやかなテーマ上の中心が立ち上がり、そこへ各々の詩篇が幾度も立ち戻るようになったのです。興味深いことに、フランス語では黄昏時のことをentre chien et loupと言います。「犬と狼のあいだ」。つまり文明と野生のあいだ、日常と夢想のあいだ。あるいは合理性と非合理性のあいだ。わたしは詩が存在するのは、まさにこういった狭間だと思います。これらすべてが結合し再構成されることによって、詩が生成するのです。そして詩論のレベルにおいて、わたしはそういった領域を探求しています。直観と理性の結合によって生まれる豊かな詩のパラドックス。それは日常的な思考からすれば奇妙なものでもあります。数年前に、わたしがロセッティの英訳したダンテの『新生』に付すための序文を書いたときに気づいたのは、今わたしが述べたのとまさに同じ領域を、ダンテが数百年前に探索していたことでした。彼もまた、光と闇が互いに肉迫する領域を探求していたのです。

——あなたの書いた序文を読んだときに強く印象に残ったのは、あなたが散文的なものと韻文的なものが共生する要素、あるいは競合する要素を『新生』に見出していることでした。こういった要素はあなた自身の作品においても顕著に認められるのではないでしょうか。たとえば、初めて『ガラスの約束』を読んだ際に、わたしはとても驚きました。以前にもまして、非韻文的な要素や雑駁とした日常性が、大胆に各々の詩篇に介入していると感じたので……。

パーマー　まず『新生』について言えば、わたしが関心を持っていたのは口承性と抒情詩の関係、あるいは分析と物語の関係、批評的なものと詩的なものとの関係、こういったものすべてを適用して、ダンテが彼独自の詩的領域を生み出したことでした。そのために、ダンテは若年時の純粋に抒情詩的な実践を退けて――ただし抒情性自体を捨て去ったわけではありませんし、事実それは『神曲』においても認められますが――より広域に及ぶ詩的言説を統合してみせました。より広大で、包容力の豊かな詩的領域をです。そして散文的なものと韻文的なものとの関係について言えば、現代ではどんな抒情的衝動も、散文的なものを不可避的に内包することになります。アウシュヴィッツ以降の抒情詩は、反抒情詩的な要素を内包しなければなりません。「アウシュヴィッツ以降に詩を書くことは野蛮である」という、あのアドルノの挑戦に応えるために。

もっとも、アドルノの言説が興味深い挑戦となっているのは、彼自身が必ずしも自らの言説を信じていなかったからでもあります。ともあれ、その言説が重要なのは、抒情的衝動であれ美学的衝動であれ、けしてそれらがかつて同様に自足できないということを示しているからです――あのような、凄惨な出来事が歴史上に起こってしまったあとでは。収容所の看守たちがユダヤ人たちをガス室に送りこむ際に、ベートーヴェンの四重奏を聴いていたということが発覚したあとでは、わたしたちは芸術作品の異なるあり方を模索しなければなりません。そしてそれは、殺人兵器や日常生活のテクノロジーがどれだけ進歩しても変わらない真実です。

――アドルノと聞いて思い出しましたが、あなたとほぼ同世代の詩人リン・ヘジニアンは、「アウシュヴィッツ以降に詩を書くことは野蛮である」というフレーズ中の「野蛮」という言葉のうちに、否定的であるのみでなく肯定的でもある文脈を見出そうとしているようですね。彼女は過激なまでに野蛮な言語の領域を、積極的に探索しようとしているように見受けられます。共鳴を感じるところはありますか。

パーマー　明らかにリンの詩的実践はわたしのそれとはまったく異なりますが、芸術上の関心に対する彼女の人間的なシンパシーは、とてもわたしと近いところがありますね。ギリシャ語のバルバロイは、「ギリシャ語を話さない者たち」、「異語を話す者たち」を意味します。アドルノはその語源の意味を無意識に感じていただけかもしれませんが、彼のフレーズ自体は極めて反響性に富んでいますし、アドルノ自身もそのような反響性に対して極めて自覚的な哲学者でした。そう考えたうえで読み替えれば、彼の命題は「詩人は外国語で書かねばならない」となります。そしてそれは、サルトルの有名なフレーズ「話し言葉が母国語なら、書き言葉は外国語だ」をも想起させますね。おそらくこういった問題系をリンは探求しているのでしょうし、そこからはわたしたちも学ぶべきことがあるでしょう。

――あなた自身の作品について言えば、「I Do Not」という興味深い詩篇があります。「わたしは英語を知らない」というフレーズから始まる英語の詩篇ですが、この作品も、英語を通じて異語に迫ろうとした「野蛮な」要素を持つ作品だと言えるかもしれませんね。

パーマー　あれは奇妙な散文のスタンザが連なる作品です。「わたしは英語を知らない」と英語で語りだすという、解消不能なパラドックスの提示から始まります。あの詩篇が書かれたのは、とても暗澹とした状況下のことでした。前大統領クリントンの政権が、二度目のメソポタミア爆撃を行ったときだったのです。ふたたび爆弾が、わたしたちの言語の生誕地に襲いかかりました。考古学者たちによれば、「どの地域を襲おうと、必ず歴史的遺産を破壊することになる爆撃」が行われたわけです。このような状況に、わたしはヴァイオレンスによって、、、対峙しなければなりませんでした。この極めて破壊的で、ほとんど抽象的なヴァイオレンスによって。同時に、そのパラドクシカルな性格ゆえに、この詩篇はセクシュアルな感情表現まで内包していますから、視点を変えればコミカルなものにも見えます。だからこの作品を朗読するたびに、聴衆の反応は非常に異なっていました。なにしろこの作品は、感情的に混乱していますし、知的な意味でも錯綜していますからね。

わたしとマーガレット・ジェンキンズがこの作品をめぐるコラボレーションを行ったときにも、興味深い出来事が起こりました。これは「May I Now」というダンス作品に仕上がったのですが、それを上演した際にも、観衆は同様な反応を返した。笑い、それに不安。こういった反応が強まった理由の一つとして、ある事実を挙げることができます。わたしとマーガレットがこの「I Do Not」を主軸に据えた作品のリハーサルに入ったのは、あの九・一一のツインタワー崩壊が起こるほぼ一カ月前のことでした。そしてあの恐るべき大惨事が起こったあとに、わたしのテクストが朗読されることになったのです。それは突然変容してしまいました――音楽担当のアルヴィン・カランが、アラブ人女性の泣き声や嘆き声などをサンプリングした曲とともに。わたしのテクストも音楽もすべて九・一一の前に構成されていたにもかかわらず、作品の雰囲気が劇的に変化してしまったのです。「これは九・一一に対する応答として作られた作品なんですか」と人に聞かれたので、わたしたちはこう答えました――「いいえ、これはそれ以前に作られた作品です。むしろ九・一一が作品に反応したのです」。奇妙なことですが、作品が意識せずにあの惨事を予示し、あの経験を増幅させていたのです。このように、あの作品は奇妙な成立過程を経ています。もちろん観衆の感情的反応は、あの歴史的惨事の瞬間の大きな影響を被っていました。

詩が予見するわけではありません。あるいは逆に、まさに詩が予見するのだとも言えます——なぜならそれは、日常的に人が考えるのとは異なった方法で、常に愛と死をめぐる思索を行っているのですから。日常的な光景が突然危機的な状況を迎えるときに、詩がそれを予期しているということは、十分ありえます。詩は常に危機的な状況にあるのですから。自己満足的でありきたりな詩は別でしょうけれどもね（笑）。

——わかります（笑）。しかしそれにしても、あなたが話してくれたような出来事が、あの「I Do Not」と「May I Now」に起こったのは、注目すべきことですね。驚きです。

パーマー そう、確かに驚くべき瞬間でした。九・一一の直後に、わたしたちはリハーサルを続けるためにスタジオへ向かいました。通し稽古をしてみてわかったのは、作品が完全に変容してしまったことでした。感情的な方向性が、極めて異例な形で変化したのです。

それから数週間後に、わたしたちは公演を行いました。観衆が集まるかどうかはわかりませんでした。みなこの大惨事のせいで、家に閉じこもりベッドに寝転がってテレビを見ることを選ぶのかもしれませんでしたからね。しかし蓋を開けてみれば、大観衆が集まっていました。パフォーマーも観衆も、極めて強い意志を持って参加することになったのです。まるでこういった文脈を与えられて、ありきたりのしろものとは異なる芸術作品が、突然価値あるものとして再生したかのようでした。これは非常に興味深かったですよ。

——人々は単にわかりやすいだけの安易な作品ではなく、本能的に必要な作品を求めることになったということですね。

パーマー　そしてこの状況は持続してもいます。九・一一の出来事から現在に至る数年のあいだにわたしが国内外のさまざまな場所で新旧の自作を朗読しているときに感じるのは、想像を絶する政治的退行のせいで、芸術作品の意味、各々の詩篇の意味をめぐる本質が劇的に変わってしまったということです。キリスト教徒、イスラム教徒、そしてユダヤ教徒まで恐るべき攻撃に出ましたし、そのせいで生まれた亀裂には、暴力と憎悪と無理解が満ちています。そんななかで、芸術家はもっと普遍的な価値を見出さねばなりません。わたしが対話したパレスチナの詩人マフムード・ダルウィーシュも、無理解と暴力と国粋主義に抵抗し、自由な言説のために戦っています。言説が壊滅させられ、そして抹殺されるところで、文字通り身をもってそういったことを経験しているのです。このような観点から見れば、現代は暗い時代であるのみでなく、極めて興味深い時代でもあると言えるでしょう。常にわたしたちは、芸術の位置する場所とその機能について再考する必要があるのですから。

資料二　I Do Not

「わたしは英語を知らない。」

ジョルジュ・ユニェ

わたしは英語を知らない。

わたしは英語を知らない。だから、最近おこった戦争について言えることなどなにもない。暗視鏡の奥で夕空を彩っていた戦争について言えることなど。

わたしは英語を知らない。だから、腹がすいたらくりかえし自分の口を指さすだけ。

しかし、そんな動作はいろんな意味に取られかねない。

わたしは英語を知らない。だから、最近公布された条例によれば許可が必要なのに、それを求めることもできない。

たとえば——親愛の情を示す言葉を口にしてもいいですか。今、片腕か両腕をあなたの体にまわしてやさしく抱きしめてもいいですか。今、唇に直接キスしてもいいですか。今、首筋の左側に。今、両胸の乳首に。などなど。

いずれにしろ彼女の反応を見分けることなどできまい。

わたしは英語を知らない。だから、なにかが描かれているそちらの絵よりも、なにも描かれていないこちらの絵のほうが好きなのだと伝えるすべもない。

自分の過去についても未来の希望についても語れないし、なぜかロッテルダムで割れてしまったわたしの眼鏡についても、ペテルブルグの夏の庭園にあったキューピッドとプシュケーの像についても、突然サンパウロの街に響きわたった金切り声についても、不意にパリで止まってしまったわたしの腕時計についても語れない。

ラビとオウム、バーテンダーとアヒル、ローマ法王と馬車の出入り口に関するジョークを語るすべもない。

きみは、わたしから手紙を受け取らなかった理由と自分の手紙が読まれなかった理由を、理解することになるだろう。

手紙というのは、つまり、可視の宇宙と不可視の宇宙との合流点や暗黒物質のレンズのことについて、きみがとても正確に記した文書のことだ。

ガラス張りのホールとモウズイカの咲く草原、ヌマミズキとピンクルティンク、甌穴と風食礫を区別するすべもない。

それに、科学、降霊会、静寂、言語、憔悴などの言葉を口にすることもできない。

冬の日差しが限界まで傾いていくにつれて、長く伸びながら壁のうえを移っていく木の影について語ることもできない。

井戸の底からこちらを見つめるアーモンド形の眼をした顔や、言葉の帆を張った石造りの船について語ることもできない。

それに、この薔薇の花びらが二十四枚で、そのうちの一枚がわずかに萎れていると伝えることもできない。

このテーブルのうえで、それをどんなふうに取り除いたか語ることもできない。

この薔薇の名を尋ねることもできない。

記録の天使や消去の天使の言葉をくりかえすことも、わたしにはできない。

ありあまるものや消えうせるものについて語ることもできない。

まだまだゲームは続く。たくましい男が、ボールめがけてバットを振る。白装束の女が、両腕をのばして空中に正確な円を描いてみせる。白亜の丘で、街が灰燼に帰する。

わたしは英語を知らないので、いろんな呼び名がある。へんてこ氏、だいなし君、応答不能者、完全にお手上げの男、馬があざ笑う奴。

戦争は終結したと宣言される。まだほとんど始まってもいないのに。

人はそれを、近さと遠さのあいだで生じる究極の戦闘と名づけた。
わたしは英語を知らない。

——マイケル・パーマー
（山内功一郎訳）

資料三 「デインジャー・オレンジ」の印象
――マーガレット・ジェンキンズとパーマーのコラボレーション

アメリカにおけるコンテンポラリー・ダンスの第一人者として知られるコリオグラファー、マーガレット・ジェンキンズ。彼女とパーマーは、一九七〇年代から数々のコラボレーションによるダンス作品を発表し続けている。その様子は、時折詩人の作品からも垣間見えることがある――

時がたつにつれて生じる
光の変化についてぼくらはちゃんと尋ねたのだろうか
お望みならば音楽を使うこと
ただし耳には届かぬように

――ダンサーたちに

詩集『アット・パッセージズ』所収の一篇、「無題（遠く近くで）」より。これと直接照応する例として、一九九二年にマーガレット・ジェンキンズ・ダンスカンパニーが発表した「門──遠く近くで」という作品を挙げることができる。しかしそれと同時に、この詩篇は、パーマーという詩人を経由して詩がダンスに宛てたメッセージとして解することもできるのではないだろうか。「お望みならば音楽を使うこと／ただし耳には届かぬように」。明確な音楽の使用許可と、ほとんど禁止に等しいその留保。それら相反する要素の衝突により生じうるものがあるとすれば、それはきっと、既に完結した作曲・配置としてのコンポジションというよりは、むしろその途上に生じるさまざまな響きの過渡的で可変的なポジショニング自体となるはずである。単に恣意的な音響・雑音以降の領域であり、たとえばインプロヴィゼーションよりもはるかに緻密な計算が施された領域だが、文字通り「音の楽しみ」として耳に届き消費される音楽以前の領域──そのような場が成立するなら、単なる娯楽とは一線を隠す「目には映らぬダンス」、「口には上らぬ詩」などもありうるかもしれない。時折そのようなことを漠然と夢想することもあったわたしが、ジェンキンズとパーマーの新作ダンスに出会う幸運に恵まれたのは、二〇〇四年の秋にサンフランシスコに滞在していた折のことだった。二人が携わる新作が十月二十日から二十三日の昼に発表されるという知らせを受け、初日にその場に足を運ぶことができたのである。そこで体験した出来事について、少しばかり語ることにさせていただきたい。

新作が「デインジャー・オレンジ」というやや風変わりなタイトルをもっていること、発表の場がダウンタウンのジャスティン・ハーマン・プラザに特設される屋外ステージとなることは、数日前に手に入れたフライヤーに記載されていた。サンフランシスコの十月下旬といえば、まだまだこの地特有の明るい日差しと心地よく乾いた空気を満喫できる時期。海に程近いこのプラザでは、クラッシックな時計塔とアヴァンギャルドなフランソワ・ヴェランクールの巨大オブジェが鋭い対照をなすものの、ビジネスマンや観光客が行き交う見慣れた光景が広がっているはずだった。ところがその場に着いた途端に、わたしはあっけにとられてしまったのである。なんとヴェランクールのオブジェの前に設置された大型ステージが、オレンジ一色に塗りこめられているではないか。そればかりか、高さ八メートル幅二十メートルはあろうかと思われるオブジェそのものまでが、すっぽり同色のネットに覆われている。とりわけステージに接近すると、眼に入るものすべてがオレンジ、またオレンジ。そしてオーディエンスは、この意表をついた圧倒的にシンプルなステージをやや遠巻きにし、昼食のサンドイッチにかぶりついたり、ペットの子犬の頭をなでたり、いそいそと折り畳みの椅子を広げたりしている。まるで日常性と非日常性が衝突しあいつつも、お互いに一目置いているかのようだ。そんな光景の中に混じりこみ、お隣に座ったお嬢さんとなんとなく会話を交わし始めたところで、開演時刻の正午が到来した。

攻撃的な効果音と共に十人あまりのダンサーたちが勢いよく現れて、パフォーマンスが始まる。するとすぐさまわたしは、文字通り目を奪われてしまうことになった。というのも、ステージがおよそ四つの「島」に分割されていて、そのすべてを一度に捕捉することが到底できないのである。四つの内の二つがメインステージと呼べるほどの広さで、そこでは五名前後のダンサーたちが極めて精緻なシンメトリーとアシンメトリー、あるいは躍動と静止のヴァリエーションをめまぐるしく繰り出しているかと思えば、その一方でごく小さなステージに立っている一人ないしは二人が、淡々と持続的なソロあるいはデュオをこなしている。他方、所定のパートを終えたダンサーたちはステージを降りるとゆったりとその周囲を歩み、次の担当パートを待ったり、そのまま脇に消えていったりする――と、このように記すと、いかにもわたしが順調に視線を移動させていったかのように感じられるかもしれない。しかし実際はまったくそんなことはなく、先にも述べたとおり、わたしの目は四つのステージのそれぞれに奪われていたのだし、さらに言えば、それぞれのステージの内外で展開される予断を許さないダンサーたちのムーブメントに奪われていたのである。

それにしても、右往左往する視線上に現れる個々のパートの変幻自在振りには、息を呑むばかりだった。往年のマース・カニングハムを思わせる力学的で優美な抽象性を垣間見せることもあれば、極めて具象的なイメージを結ぶこともある。とりわけ印象的だったものの一つが、デュオの担ったパートだ。二人の男女が、今にも崩れ落ちそうなバランスを絶妙に保ちながら、それ自体が立体彫刻を思わせるような姿勢を立て続けに示す。その直後に突然男性ダンサーがパートナーを抱え上げ、まるで彼女の首をへし折ってしまうかのような身振りを示す。そして彼は彼女を降ろすと、胸に手を当てながらほとんど苦悶の表情すら浮かべてその場に崩れ落ちてしまう。とは言え、その崩れ落ちる様子自体までが精密に振付けられたダンスの一部であり、鮮烈なまでに正確な優美さすら湛えているのであった。この例からも垣間見られるように、ジェンキンズの振付けたムーブメントが非常に入念な鍛錬と高度な計算に基づいていることは明らかだったし、そこから偶然性はほとんど感じられなかった。しかしプレゼンテーションとしては、常に聴衆の視界の外部にも生成の場を置くことによって、執拗なまでに偶然性を惹起していたと言える。わたしが覚えたほとんど眩暈にも似た感覚の原因は、あるいはそのようなムーブメントとプレゼンテーションの挑発的な競合にあるのかもしれなかった。

目前にあるものを突然看過してしまう危険。あるいは、目前にないものを突然目撃してしまう危険。それはまた、危険がもたらすチャンスであると同時にチャンスがもたらす危険でもあって、それら諸要素がいわゆるアートの領域のみでなくわたしたちの日常のそこかしこに潜んでいることを、このダンスは逆説的に示しているかのようでもあった。そう、オレンジと言えば、まず警戒色なのである。ある種の昆虫や両生類などが有毒であることを顕示する際に自らの身に帯びる色彩の一つだし、それに何より、ブッシュ政権が支持率を高めるためにテロ警戒レベルを上げる際にも、決まって「コード・オレンジ」が発令されるではないか。そう考えると、明らかにこの作品は、この色彩とそれが指示するものに対するクリエイティヴな反応であり、緻密な検証でもあるように思われた。

ざっとこのようにしてわたしは、それまで漠然と思い描くに過ぎなかった「目には映らぬダンス」と「口には上らぬ詩」に、思いがけず対峙したことを悟ることになったのである。これら両要素のうち、前者については、既にほとんど自明だろう。わたしは先にちらりとブッシュ政権に触れたが、「デインジャー・オレンジ」は、当時いよいよ大詰めに入りつつあったブッシュ／ケリーの大統領選という文脈に敏感に反応しつつも、けして「反ブッシュ」、「反共和党」などといった単純なスローガンの標榜に集約されるダンス・パフォーマンスとはならなかった。繰り返しになるが、作品の眼目はあくまでもムーブメントの必然性とプレゼンテーションの偶然性の衝突にあったのであり、目撃を看過することと看過を目撃することの戦慄的な交錯にあったのである。明らかに「目には映らぬ」要素は、目に映る要素に勝るとも劣らず、この作品にとって不可欠だった。

一方、「口には上らぬ詩」についてはどうだろうか。結果から言えば、本作のクレジットに「アーティスティック・アソシエイト」として名を連ねているパーマーのテクストは、まったく作品の表面上には現れなかった。実は「デインジャー・オレンジ」をこの作品のタイトルにすることを提案したのは他ならぬ彼なのだが、そのことを明示する要素すら作品のどこにも見受けられなかったのだ。したがって、パーマーは文字通り「口には上らぬ詩」の提供者として作品に関わったわけである。その意味において、彼が詩人ではなくアーティスティック・アソシエイトと呼ばれていることは、極めて妥当だったと言えるだろう。

後日談になるが、二〇〇五年一月に、わたしはパーマー邸を訪れたジェンキンズと直接会話を交わす機会にも恵まれることになった。「『デインジャー・オレンジ』ではマイケルのテクストはまったく現れないにもかかわらず、彼の存在感が確かに作品中にみなぎっていましたね」といった感想をジェンキンズに告げると、彼女は作品の製作過程について丁寧に語った後に、次のように答えてくれた――

〔その指摘は〕とても重要です。なぜなら、本当に彼はあの作品の中に存在していたのですから。実際にわたしたちは製作の最初の段階から対話を繰り返していましたし、彼はわたしたちと一緒にリハーサルに参加していたので、わたしたちは彼の反応をよく参考にしていたのです。そしてとても重要だったのは、彼が生じていない出来事について考えたことでした。一方生じている出来事は、さらに展開され、ほとんどカオスに近いものと関係を結べば、より効果的に機能するかもしれないと考えたのです。〔……〕最初の段階でわたしたちはさまざまな情報を作品のために提出しましたが、その後、それらをどのようにして合一化させ、包括的な全体性を実現するかということが課題になりました。そしてわたしが思うに、この点では、マイケルがコリオグラファーとなったのです。なぜなら彼は、生じていない出来事に関する感覚の持ち主ですし、それについて熟知しているのですから。そして結局、わたしたちは、わたしたちの暗号を使って語り合っていたのです。そのような情報交換を行うことが、わたしたちには可能だったのです。

彼女の話を聞いていてよくわかったのは、パーマーのみでなくジェンキンズも含む他の参加メンバーすべてがアーティスティック・アソシエイトとなり、作品の生成に徹頭徹尾関わったのだということだった。もちろん、必要に応じて「コリオグラファー」、「ダンサー」、「詩人」などの呼称を用いることはある。しかし本質的には、メンバーの間で限定された役割分担が固守されるわけではない。むしろ各々のメンバーは、変転する作品の諸相に反応し、あるいは反応されながら、当初はまったく想像しなかったような領域にまでフレキシブルに関与していく。そして何より重要なのは、その過程が各々にとって「生じている出来事」のみでなく、「生じていない出来事」まで包摂していくという点である。おそらくその点から推して言えば、この作品のオーディエンスもまた、「目には映らぬダンス」と「口には上らぬ詩」と出会うことによって——あるいはまさにそれらと出会わないことと出会うことによって――アーティスティック・アソシエイトと化したのだと考えられるのではないだろうか。あの日プラザでパフォーマーとオーディエンスが参加したイヴェントがジェンキンズの言う「包括的な全体性」を具体化する試みだったとすれば、その試みは内容の充足のみでなくそれを侵食する欠損や間歇まで抱え込む危険な賭けだった。そしてそれゆえに、現在の全体主義的なアメリカ社会の傾向に対する直接的な問題提起にもなっていたはずである。

パーマーの新詩集『蛾の一群』は近日中にニューディレクションズから刊行、ジェンキンズとのコラボレーションによる新作ダンスは二〇〇六年秋に発表の予定だそうである。[*1] それらの作品に接する読者やオーディエンスは、果たしてそのときどんな危険と魅惑を探知することになるのだろうか。

注

序

＊1　パーマーをめぐる以下の伝記的情報は、主にピーター・ギズィによるインタビュー中の該当箇所（Gizzi 170-72）、キース・トゥマが執筆したパーマーの略伝（Tuma 215-23）、および二〇〇七年に筆者が行ったインタビューによる。なお、チャールズ・バーンスティンによるパーマー評については、二〇〇〇年に発表されたインタビューを参照した（Bernstein 12）。

＊2　ポントルモの日記の詳細については、中嶋浩郎訳『ルネサンスの画家　ポントルモの日記』（白水社）および同書所収の宮下孝晴による解説を参照。

＊3　「未来‐過去」（future-past）は、『アット・パッセージズ』や『ガラスの約束』等のパーマーの詩集中に現れるキーワードの一つ。これについて考察する際には、オクタビオ・パスの『もうひとつの声』中に記された次の言葉が参考になるはずである――「革命と宗教にはさまれた詩は、もうひとつの声である。詩がもうひとつの声だというのは、それが情熱と幻視の声だからにほかならない。すなわちそれは別世界のものであって、しかもこの世のものであり、古くて今現在のもの、つまり日付のない古代のものなのである」（172）。

第一章　「アフター・ダンテ」のパラドックス

＊1　この呼称（「現在英語で創作している最良のフランス詩人」）については、二〇〇五年十一月二十七日付『ニューヨーク・タイムズ』紙に掲載されたジョシュア・クローヴァーの記事を参照。ちなみにクローヴァー自身は、これはパーマーをめぐる一般的なイメージを示しているに過ぎず、必ずしも妥当ではないと指摘している（Clover D3）。

＊2　ここでパーマーが触れている「パウンドの書物」は、『ロマンスの精神』を指している。巻頭に置かれた序文の末尾には、ダンテ作品の英訳引用を許可した出版社J・M・デントに対するパウンドの謝辞が記されている（*Spirit* 7）。

＊3　「ダンテをめぐる対話」は、オシップ・マンデリシュタームによるダンテ論のタイトルである。同論におけるマンデリシュタームは、『神曲』を念頭に置きつつ次のように主張している――「どんな言葉も束なのであり、意味はその束の中からさまざまな方向に突き出しているのであって、公式に定められた一点にのみ向かっているわけではない」（Mandelstam 407）。ダンテの詩行中に複数の意味の拮抗と終わりなき対話を見出すマンデリシュタームの視点は、拙文中で後述するパーマーのダンテ観と一脈通じている。

＊4　パーマーのダンカン論「ロバート・ダンカンのグラウンド・ワークについて」中の該当箇所を参照（*AB* 20）。ロバート・ダンカン（Robert Duncan, 1919-88）はサンフランシスコを拠点に活躍した詩人。詩エマソン的なロマン主義とパウンド・トラディション直系の客観主義が相克する詩作を展開した。詩

集に『草原の広がり』(一九六〇年)、『グラウンド・ワーク――戦争の前に』(一九八四年) など。なお、パーマーのダンカン観については本書の第三章も参照。

＊5　この情報についてはローリ・ラメイ著『抵抗の詩学――マイケル・パーマーへの批評的入門』を参照 (Ramey 75-76)。

＊6　代表作「彼女の独身者たちによって裸にされた花嫁、さえも」制作中のマルセル・デュシャンは、数学でいえば素数に対応する言語「素語」の探究を試みていた。言い換えれば、彼は「語それ自体、もしくは語の単位でしか割り切れない語」(Duchamp 31) をめぐる思索を重ねていたのである。ティエリー・ド・デューヴによれば、デュシャンが素語というまったく「解釈に依存しない」直示的な言葉に興味を示していた事実は、彼が「最後の語にして最初の語」と呼ばれる始源の言葉に関心を寄せていたことを示している (de Duve 126-28)。

＊7　エズラ・パウンドによる「ヒュー・セルウィン・モーバリー」中の以下の詩行を参照――「虚空に喰らいつく口。／静止した犬どもが／変身のさなかで捉えられ／エピローグとして彼に残された」("Hugh" 108)。クリスティン・フロウラによれば、これらの詩行は、オウィディウスの『変身物語』第七歌に登場するケパロスの猟犬ライラプスのイメージを踏まえている (Froula 99)。

第二章　「神秘的なもの」を示す言語ゲーム

＊1　いわゆる「反戦詩」に対する詩人の懐疑については、ピーター・ギズィが行ったインタビューを参照。パーマーによれば、反戦をめぐる特定の「視点」のみを振りかざす作品は、むしろ圧倒的な現実の本質を「目撃」しそこねた反動的な作品へと堕す恐れがある (Gizzi 167)。

＊2　虚偽のネットワークを形成する際に、ジョンソン政権は報道メディアと結託した。クラレンス・R・ワイアットが指摘しているように、大手新聞社を始めとする出版メディアはとりわけ戦争のピーク時には体制迎合的であり、「出版メディアと政府の利害は、対立していたと言うよりもむしろ一致していた」（Wyatt 131）。またダニエル・ハリンによれば、当時テレビ局からベトナムに派遣されたリポーターたちは軍や政府の直接的な検閲を受けずに取材内容を公表できたが、それでもテレビが「ありのままの」戦争を表現していたとは到底言えなかった。いくつかの特殊な事例を除けば、概ね一九六八年のテト攻勢までは、映像メディアもアメリカのベトナム政策に対しては偏向的なまでに好意的だったのである（Hallin 109-10）。

＊3　ダグラス・キナードによれば、平定計画の目的は、南ベトナムの農村地帯に生活物資の援助や安全の保証を与えることによって「中央政府の威光と影響力を増強」し、村民の支持を得ながら「ベトコンを制圧する」ことだった（Kinnard 99）。しかしこの計画の遂行によって多くのベトナム村民が悪条件の難民村へと強制移動させられたし、南ベトナム解放民族戦線の拠点と判断された村落は、容赦なく破壊されることになった。その一例が、平定計画の一環として行われた「シーダーフォールズ作戦」の空爆によって壊滅したベン・スック村である。ジェイムズ・ウィリアム・ギブソンは、この村から追い立てられた村民の行き着いた難民村が、「まるでナチスの強制収容所のようだった」（Gibson 232）という証言を自著中に残している。

＊4　本章中では、『言語活動と死』（*Il linguaggio e la morte*）からの引用は拙訳による。

＊5　ただし、ウィトゲンシュタインの前後期のあいだには明確な相違が見受けられるとは言え、もちろんこれらは互いにまったく無縁な思考の展開期であったわけではない。『探求』の序文中で述べられているように、ウィトゲンシュタインは「新しい思索」（『探求』）は「古い思索」（『論考』）と対比さ

れてこそ「妥当な光を当てられる」(10)と考えていた。

＊6　これら各部の原題名は、順に"The Brown Book and the Book Against Understanding," "Series," "The Circular Gates" そして "Chinese Hours" である。

＊7　この指摘についてはローリ・ラメイ(Ramey 62-65)を参照。

＊8　実際にこのくだりにおける tournoient を、ジェレミー・リードは "strolling"(Reed 59)、バートランド・マチューは "walking around"(Mathieu 67)、マーティン・ソレルは "promenading"(Sorrell 259)とそれぞれ英訳している。その一方で和訳例をいくつか参照してみると、宇佐美斉は「旋回する」(316)、鈴村和成も「旋回する」(273)、中地義和は「ぐるぐる回る」(245)、そして鈴木創士は「くるくる回る」(79)と訳しており、いずれも上掲の英訳例よりも逐語訳的である。ただし英訳者たちがおしなべて意訳を好んでいるというわけでもなく、詩人のジョン・アッシュベリーは "twirl"(Ashbery 23)と訳している(これは「くるくる回る」に近いだろう)。ちなみに小林秀雄による和訳は「渦巻く」(57)である。

＊9　「謎」については『論考』六・四三一二中の次の一行を参照——「時間と空間のうちにある生の謎の解決は、時間と空間の外にある」(147)。この認識を踏まえたうえで、ウィトゲンシュタインは「神秘的なもの」をめぐる『論考』六・五二二を記している——「だがもちろん言い表しえぬものは存在する。それは示される。それは神秘的なものである」(148)。

第三章　潜勢力、言語、太陽

＊1　このシンポジウムはシカゴ芸術学院で二〇一〇年四月二十二日より二十四日まで催され、その最終

日にパーマーによる基調講演が行われた。なお、以下の本文中で引用される基調講演の抜粋は著者原稿の拙訳による。

＊2　これは一九六〇年に出版されたダンカンの詩集『草原の広がり』の巻頭に収録されている詩篇であり、読者を文字通り詩の「広がり」へと誘う役割を果たしている作品である。リサ・ジャーノットが指摘するように、これはダンカンの『ゾハール』観と詩作観を共に窺わせている一篇でもあり、現在ではこの詩人の代表作の一つに数えられている（Jarnot 150）。

＊3　この点を強調するアレックス・マリーは、アガンベンにおける「幼児期」を理解しようとする際には「幼児語を発している赤ん坊のことは考えるな」（Murray 24）と読者に対して警告している。ちなみにキャサリン・ミルズは、「幼児期」とは記号論的なものを意味論的なものへと変換する「エンジン」（Mills 27）であると主張している。ただし、この見立てもまた、幼児期の機能の一部のみをイメージ化しているにすぎないことは指摘しておかねばならない。

＊4　『アガンベン・ディクショナリー』の分担執筆者の一人パオロ・バルトローニは、このような二重の否定性が生起するトポスとしての「声」を、「幼児期」の関連様式の一つとして捉えている（Bartoloni 105）。

＊5　バンヴェニストにおける「記号論的なもの」と「意味論的なもの」については、『言葉と主体——一般言語学の諸問題』所収のエッセイ「言語の記号学」（39-65）等を参照。

＊6　「潜勢力」はアガンベンの哲学における主要概念の一つであり、アリストテレスの『形而上学』第九巻中で「現勢態《エネルゲイア》」と対置される「潜勢力《デュナミス》」に由来する。詳しくは岡田温司著『アガンベン読解』中の項目「潜勢力」（17-34）を参照。

＊7　おそらくここでパーマーが想起しているのは、ランボーの詩篇「錯乱　Ⅱ」中に現れる次のフレー

ズだろう——「ぼくは眩暈を定着した」(251)。なおこの例も含め、本章中で引用するランボー作品の邦訳は鈴村和成訳による。また原文を引用する場合は、アントワーヌ・アダン編のプレイヤード版(一九七二年)による。

＊8 アガンベンとの直接的な接点を示すパーマーの詩篇としては、たとえば詩集『ガラスの約束』(二〇〇〇年)所収の「自伝八」と「プラハの形而上学者(自伝十一)」を挙げることができる。前者に現れる「白い磁器の／シンプルなティーポット」(26)を「哲学者の贈り物」(27)として授かったというエピソードは、パーマーが実際にアガンベンに会った際の出来事に基いている。また後者に登場する変幻自在の道化師的なキャラクター「クウォド」(Quod)は、アガンベンが『到来する共同体』中で分析したラテン語の形容詞"quodlibet"(「何であれ関係のない」の意)を直ちに想起させる(8-11)。ただし拙文はこういった接点には拘泥しすぎずに、パーマーがアガンベンの仕事を知る以前にまとめたと推測される『太陽』を分析の対象とし、両者のテクスト間における共鳴点を探る。

＊9 この情報は、パーマーが二〇一一年にハーヴァード大学で催された「モリス・グレイ・ポエトリー・リーディング」に朗読者として招聘された際の発言に基く。

＊10 『散文の理念』(*Idea della prosa*)からの引用は拙訳による。

＊11 オッカムの記したラテン語のフレーズは"Pluralitas non est ponenda sine necessitate"(Ockham 97)であり、これを訳せば「必要なく複数のものを存在させるべきではない」となる。

＊12 ここでは特に、詩篇「殺人者の葡萄酒」中のフレーズ「この世から出ていけ!」(245)および詩篇「愛の神と髑髏」中のフレーズ「〈愛の神〉は〈人類〉の髑髏の／上に坐っている」(268)を参照。

＊13 レーガノミクスの弊害をめぐる簡潔な説明については、キャサリン・リーフの『アメリカにおける貧困』を参照。一九八〇年から八八年の間にインフレ率は一〇・四パーセントから四・二パーセント

に低下したものの、貧困率は八三年には一五・三パーセントにまで上った。リーフによれば、これはレーガン政権が「アメリカの低所得者層に手を差し伸べることに失敗した」（Reef 220）ことを示す明確な証しである。

＊14　一九八六年に発覚したイラン・コントラ事件の顛末については、特にアン・ロウの『生命、虚偽、そしてイラン・コントラ事件』を参照。アメリカ政府は本来敵国であるはずのイランに対して秘密裏に武器を輸出し、その利益をニカラグアの反政府組織コントラに対する資金援助に流用することによって、当時のニカラグア政府の転覆を図った。ロウによれば、レーガンは元俳優ならではの「効果的な舞台演出」（Wroe 155）によって事件の焦点を曖昧化することに成功した。

＊15　ルー・キャノンによれば、このフレーズは一九八四年の大統領選期間中にテレビ放映されたレーガン陣営のコマーシャル中でも用いられた（Cannon 452）。

＊16　レーガンがこの珍妙な見解を述べたのは、一九八一年のことだった。エリン・ウッジャーとデイヴィッド・F・バーグの共著『一九八〇年代』によれば、この発言の背景には、ビール醸造会社クアーズの社長が環境規制法を緩和するようレーガンに要求していた件があった（Woodger 104）。

第Ⅱ部　オルタナティヴなヴィジョンを求めて

第四章　「権力との自己同一化を超えるなにか」のために

＊1　この時代のパーマーをめぐる以下の伝記的情報は、特に注記しない限りはピーター・ギズィによる

インタビュー中の該当箇所に基づく（Gizzi 170-72）。

＊2　チャールズ・オルソン（Charles Olson, 1910-70）は、ロバート・ダンカン等と共にブラック・マウンテン派を代表する詩人の一人。「場による創作」を提唱した彼の「投射詩論」は、二十世紀後半のアメリカ詩界に大きな影響を与えた。実作では『マクシマス詩篇』が名高く、エズラ・パウンド以降の世代を代表する長編詩の一つに数えられている。ダンカンについては本書第一章の注4および第三章を参照。なお、オルソンの『距離』とダンカンの『草原の広がり』は、ともに一九六〇年に出版されている。

＊3　このような「分度器シリーズ」（"The Protractor Series"）の性格に注目するニコラス・ペリーは、この作品が「固定的な客体物の再現描写ではなく、むしろ深遠性の感覚を喚起すること」（Perry 59）を強調している。

＊4　この点についてはピーター・ハリーも同様な見解を示しており、単刀直入に次のように述べている――「(「分度器シリーズ」における）分度器は型であると同時にその型を作り出す道具でもある」（Halley 147）。

＊5　一九九〇年九月十一日の両院合同会議でスピーチを行った際に、ブッシュは「新世界秩序」の必要を大々的にアピールした。このフレーズと国際社会におけるアメリカの覇権主義との関係については、R・K・ラマザーニ（"A New World Order," 236-38）を参照。

＊6　リアン・タンゲイによれば、誘導装置付きの新型爆弾およびミサイルは、アメリカ軍がイラクに投下した爆発物の七パーセントのみを占めるに過ぎなかった。残りの九三パーセントは従来通りの方法で爆撃機から投下された旧型爆弾であり、そのうちの七五パーセントがターゲットに命中しそこなったと推定されている（Tanguay 73）。結果として、それらの多くが一般市民に甚大な被害を与えたこ

とは言うまでもない。ラムジー・クラークは、一九九一年末までに米軍の攻撃を受けて死亡したイラク人二十五万人の大部分が、「非戦闘員、女性、子ども、乳児」（303）だったと述べている。

＊7　「コラテラル・ダメージ」（Collateral Damage）は軍事行動によって民間人が被る人的および物的損害、「サージカル・ストライク」（Surgical Strike）は軍事施設などの特定目標に対してのみ行われる精確な局所攻撃を意味する。報道番組等における意図的な軍事専門用語の使用については、ウィリアム・ホインズ（Hoynes 311-12）を参照。

＊8　報道番組等における代名詞「我々」対「彼ら」の二項対立的な用法については、デボラ・L・ハラミヨ（Jaramillo 48）を参照。一九九六年に『イスラム報道』増補版に序文を付したエドワード・サイードも、メディアが反イスラム的な世論を煽る際には、虚構性に満ちた人称としての「我々」が乱用されることを指摘している（xv）。

＊9　加速度的にエンターテイメント化していく戦争報道の様子を、ホインズは次のように描き出している――「戦争がビデオ・ゲームのような様相を呈するにつれて、ネットワーク放送のテレビは、やっきになって（明らかに視聴率競争に駆り立てられて）戦争報道をプライムタイムの娯楽番組もどきに仕立て上げようとしていた。アップビートの音楽、『湾岸の一大決戦』などというキャッチーなスローガン、そして高速で切り替わる映像などのおかげで、戦争報道はまるで巧みに作られたミュージック・ビデオのようになった。〔……〕メディアの最重要課題は、国民を国策に関するどんな討論にも参加させずに、彼らを（テレビ・スクリーン上で花開くドラマに釘付けになっている）戦争のただの傍観者にすることだった」（Hoynes 312）。ファレル・コーコランは、テレビ・スクリーン上のハイテク兵器に魅了され続けたために正常な判断力が麻痺してしまった視聴者も、気づかぬうちに一種の「コラテラル・ダメージ」を被ったのだと主張している（Corcoran 109）。

＊10　エリック・ルーによれば、任天堂のゲームにちなむこの異名は、「死体、流血、残虐行為」（Louw 179）を徹底的に排除することによって、戦争の極端にゲーム化された報道イメージを示している。

＊11　ブッシュのこの発言を含む筆記録は、一九九〇年九月十二日付の『ニューヨーク・タイムズ』紙に掲載された。以下の拙文中における引用もこの記事による。

＊12　リーランド・ヒックマンの略歴に関する情報は、ビル・モーア（Mohr 182）による。

＊13　アイスマンについては、マイケル・リー・ラニングを参照。発見当初は春先の雪崩に遭い凍死したと考えられていたが、複数の敵と戦った結果命を落としたことが後年の調査により判明した（Lanning 2）。

＊14　本章中で整理した英米文学におけるエレジーの歴史的推移とアンチ・エレジーをめぐる概略については、シュライバー（Shreiber 397）およびR・クリフトン・スパーゴ（Spargo 415-16）を参照。両者とも、英文学におけるエレジー研究において記念碑的な位置を占めるピーター・サックスの『英国のエレジー――スペンサーからイェイツに至る様式の研究』（一九八五年）の成果を踏まえたうえで、特にアンチ・エレジーが果たす機能をめぐる考察を試みている点において論点が一致している。

＊15　ジュハーン・ラマザーニの『嘆きの詩――ハーディからヒーニーに至る現代のエレジー』中の該当箇所（*Poetry of Mourning* 24）を参照。とりわけ同書が強調しているのは、英米現代のエレジーが、古典的エレジーからの逸脱と継承の両要素をパラドクシカルな形で示している点である。

＊16　フロイトによるナルシシズム論については、たとえば「ナルシシズム入門」、「リビドー的類型について」等を参照。ジェス（Jess）ことバージェス・フランクリン・コリンズ（Burgess Franklin Collins, 1923-2004）のライフ・ワーク「ナルキッソス」については、一九九三年にパーマー自身がエッセイ「ジェスの『ナルキッソス』について」を発表している（*AB* 179-94）。パーマーの詩集『エコーの湖

のための覚書』については、本書の第六章を参照。

＊17　ダルウィーシュによるこの長詩は一九八九年に出版された。英訳は二〇〇〇年に出版された選詩集『二つのエデンのアダム』（*The Adam of Two Edens*）で読むことができる。

第五章　ランプに火を灯す詩人たち

＊1　たとえばジェフリー・オブライエンは「蛾」（moths）に「口」（mouths）の含意を見出し、それらを多様な文学者たちの声が遭遇するための器官として捉えている（O'Brien）。一方「蛾」から「蛾に蝕まれた繊維」の連想を導き出したダニエル・クンツは、ちょうど蛾に蝕まれた布が蛾の正体を示すように、省略と欠損に満ちたパーマーの作品も詩の本質を示すのだと主張している（Kunz）。

＊2　二〇〇三年十二月二十六日に筆者がサンフランシスコで行ったマイケル・パーマーとのインタビューより。以後本章中で引用する際には（Interview 2003）と記す。なお、このインタビューの全文「犬と狼のあいだで」は本書第三部に収録されているので、あわせて参照されたい。

＊3　リン・ヘジニアン（Lyn Hejinian, b. 1941）は、カリフォルニア在住の詩人。チャールズ・バーンスティン等とともに、言語派の主力メンバーとして知られている。代表作の一つ『マイ・ライフ』は、この派の詩人による詩集としては異例の広範な読者層を獲得し続けている。パーマーとは親交があり、お互いに敬意を抱きあう間柄でもある。本書第三部所収の「犬と狼のあいだで」も参照。

＊4　詩篇「ただ獨り歩く、思考の／幽霊のような力」の初出は、「現代詩手帖」の一九九八年一月号である。

＊5　「銀のかかと」（Silver Heel）はディキンスンの詩篇中に現れるフレーズであり、吉増が参照した新

倉俊一著『エミリー・ディキンスン――不在の肖像』中でも引用されている（23）。

＊6　「銀の滴降る降るまわりに」（Shirokanipe ranan pishkan）は、『アイヌ神謡集』の巻頭に収められた「梟の神の自ら歌った謡　銀の滴降る降るまわりに」（10-35）中で反復されるフレーズである。

＊7　ジョン・フェルスティナーによれば、テオドール・アドルノに加えてフリードリヒ・ニーチェ、ゲオルク・ビューヒナー、オシップ・マンデリシュターム、マルティン・ブーバー等の影響が「山中の対話」において認められる（Felstiner 139-44）。

＊8　このような「話す」行為者の非人称的な性格（あるいは非人間中心主義的な性格）を捉える際には、ハイデガーの『言語への途上』（亀山健吉他訳では『言葉への途上』）中の次のような部分も参考にしておくべきだろう――「同じことばかり二度も、言語は言語であると言ったところで、我々は一歩も前進しないではないか。なるほどそうかもしれないが、我々には前進するつもりなどありはしない。我々が今赴きたいのは、我々がまさにもう住んでいる場所なのである。／したがって、我々が熟考しようとしているのは、言語そのものとはなんなのかということであり、問おうとしているのは、どのようにして言語は言語として生起するのかということである。我々はこう答えよう、言語が話すのだと」（4-5）。パーマー作品「話す言語の夢」は、このような究極的な発話者としての言語をめぐる夢想でもある。

＊9　ジェリー・グレンも「山中の対話」に現れるロウソクにユダヤ教の象徴を見出している。彼によれば、これは「安息日の正式な始まり」（Glenn 45）を示すために灯されるロウソクのイメージである。

第六章　「誰でもないもの」の声が生じるとき

＊1　ツェランにおける「誰でもないもの」のパラドクシカルな性格については、シルヴィア・バイヤーが詳細な分析を行っている。それによれば、「誰でもないもの」は自己の開示と隠蔽が同時的に生起するスペースの出現を告げる人称であり、その淵源はホメロスの叙事詩『オデュッセイア』中でオデュッセウスが名乗った「誰でもないもの」にまで遡ることができる（Beier 12-13）。またこの点について考察するうえでは、関口裕昭の『パウル・ツェランとユダヤの傷』も参考になるだろう。同書によれば、ツェランはアドルノとホルクハイマーによる共著『啓蒙の弁証法』を読んだ際に、その第二章「オデュッセウスあるいは神話と啓蒙」中の文章に二重傍線を記していた。この事実は、ツェランが「自分自身を消滅させることによって、自分の生命を救い出す」（178）方法に関心を寄せていたことを窺わせている。

＊2　アーヴィング・ペトリン（Irving Petlin）は、一九三四年にシカゴで暮らすユダヤ系アメリカ人の家庭に生まれた。五六年にシカゴ美術館付属美術大学を卒業。同年にイェール大学大学院に進学し、ヨゼフ・アルバースに師事。五九年から六三年にかけてパリに滞在。六〇年にドラゴン・ギャラリーで個展。ジャコメッティ、バルテュス、エルンスト、マッタ等との知遇を得る。六四年に同地のギャラリーで催された彼の個展図録には、エドゥアール・グリッサンが序文を寄せた。同年から六六年にかけてUCLAの客員教授。六七年から八七年は主にニューヨークを拠点とするが、やがてふたたびパリに居を定めることを選ぶ。現在はパリに加え、ニューヨークとマサチューセッツ州のマーサズ・ヴィニヤードで暮らしている。二〇一〇年には、ニューヨークのジャン・クルジエ・ギャラリーとリチャード・L・フェイゲン・ギャラリーの共催による回顧展が行われた。なお上記の略歴に関する情

報は、ポール・カミングズ編著『アーヴィング・ペトリン――パステル画集』所収の年譜（Cummings 73-76）と二〇一二年に山内が行ったペトリンとのプライヴェート・インタビューによる。

＊3　原題は *Le Départ* である。その他の情報についてはカミングズを参照（Cummings 36）。

＊4　『色彩について』の第三部第六九節を参照（88）。

＊5　作品「この布人形のこと」の創作にまつわるエピソードについてはラメイを参照（Ramey 147-53）。

＊6　このタイトルについては、クルジエ＝ディーテシャイム編の図録『アーヴィング・ペトリン――エドモン・ジャベスの世界』を参照（Krugier-Ditesheim 43）。なお本章中で「セーヌ・シリーズ」に含まれるその他の作品のタイトルを挙げる際にも、同図録の表記に従った。

第Ⅲ部　資料編

資料三　「デインジャー・オレンジ」の印象

＊1　本書中でも既に紹介しているとおり、『蛾の一群』は二〇〇五年に刊行された。また本章中で言及されている「新作ダンス」は、「スリッピング・グリンプス」（“A Slipping Glimpse”）というタイトルを付されて予定通り二〇〇六年秋にサンフランシスコで初演された他、翌年ＭＪＤＣがパーマーとともに来日した際に東京で公演された。

後書き

初めてわたしがパーマーの詩集と出会ったのは、一九九〇年の夏のことだった。場所はバークレーのテレグラフ・アヴェニューに今なお健在の書店、モーズ・ブックス。この店でじっくりと古本の書棚をチェックしてから定価本の書棚へと視線を移したときに、紫のカバーに鮮やかな黄の題字を配した詩集が目の中に飛び込んできた。タイトルは *Sun.* 作者名は Michael Palmer. そう読めた。薄いペーパーバックのその本を手に取りページを開くと、巻頭に収められているにもかかわらず「第五の散文」と銘打たれている詩篇が目に入った。

＊

その七年後の一九九七年にわたしはサンフランシスコでパーマー本人の知遇を得ることになり、それ以降は彼の自宅を訪問する機会にも幾度か恵まれた。そのためにいつもダウンタウンの駅から利用したミュニ・メトロのJライン、ノイヴァレーの閑静な住宅街に佇むヴィクトリア朝様式の白いパーマー邸、ドアを開けた主に続いて室内へと歩みいるわたしを迎えてくれたジェスやペトリン等の絵画作品、膨大なジャズ関係のレコード・コレクション、そして詩人自ら手入れしているという裏庭の花壇に咲く何種もの花々――それらは二〇〇四年に刊行された拙訳のパーマー選詩集『粒子の薔薇』（思潮社）や、本書の原風景を確かに構成している。また二〇〇七年には、詩とダンスをめぐる国際フェスティヴァルに招聘され初来日を果たした彼と東京で再会し、イヴェント後には京都まで同行させてもらうことになった。この経験からもわたしが大いに恩恵を被っていることは強調するまでもない。とは言え、その詳細についてはいずれ別な機会を得てから記すべきだろう。

*

そう綴った途端になんの脈絡もなく蘇るのは、二〇一二年六月の記憶だ。その頃わたしは、本書中でも触れた画家アーヴィング・ペトリンにインタビューするために、ごく短期間だったがパリに滞在していたのだった。そんなある日のこと。あれこれ話を聞かせてもらってから、カルディナル・ルモワーヌのアトリエを立ち去ろうとしていたわたしを、主の画家が不意に呼び止めた。そしてとあるカフェの名刺をわたしに手渡しながら、あとでディナーを一緒にたのしもうと誘ってくれたのである。

指定された時刻には少々遅れてしまったものの、なんとか名刺をたよりにそのカフェを探し当てて中に入ると、既にテーブルについたペトリン夫妻が二人そろって手招きしてくれている。おずおずとわたしも席に腰かけ、勧められるままにワイングラスに口をつける。しばらくしてからふと気づいたのだが、わたしたちのテーブルには座り手のいない椅子が二脚用意されている。まだこれから同席者がくるのかと尋ねてみても、ペトリン夫妻は顔を見合わせて微笑むばかり。とにかく微笑む理由があるのはいいことだし、おもむろにペトリンが始めた昔話（彼がパリに初めて住みついた頃に知り合った、シュルレアリストの画家たちをめぐるエピソードだった）がおもしろかったのでそのまま耳を傾けていると、さっそうと店内に入りこんできた男女がわたしたちのテーブルをすぐに見つけて、そのまま大股でこちらに歩み寄ってきた。大柄な男性とスレンダーな女性のカップル。なんとパーマー夫妻だった。

思わずわたしはたちあがり、満足げな笑顔を浮かべたペトリン夫妻に見守られながら、突然の再会を彼らと喜び合う。どうやらこれはパーマー夫妻にとってもサプライズだったらしい。聞けばパリには到着したばかりで、ドイツで催された国際詩祭に参加してきた直後なのだとか。席につき、詩祭ででであった日本の詩人によるパフォーマンスの印象、マーガレット・ジェンキンズの消息、そして自らの新作の構想について語るパーマーの言葉に耳を傾けつつ、グラスも傾ける。料理をほおばりながら、わたし自身もまわらぬ呂律で近況を報告する。時はあっという間に過ぎていった。

やがてささやかな夕食会はその場でお開きとなったが、パーマー夫妻とわたしは帰り道をしばらく共にすることになった。みごとな満月の光を浴びながら巨大な影を落とすパンテオンの傍らを、わたしたちはゆっくりと歩んでいた。その影を抜け出てからもさらに歩き続けているあいだにふと足元を見ると、ちょうどその瞬間にわたしたち三人の影が地上で重なった。「みなの影がひとつになりましたよ」。ほとんど反射的にわたしはそう口走った。

詩人がこちらをゆっくりと振り返った。

＊

残像のスケッチはこの程度にしておき、御礼の言葉を次の方々に申し上げることにさせていただこう。金関寿夫先生、新倉俊一先生、原成吉先生に。吉増剛造さん、野村喜和夫さん、城戸朱理さんに。小泉純一さん、遠藤朋之さん、井上（重）敏郎さん、向山守さんに。遊牧民の会のみなさんに。有益な知識を授けてくれた同僚の方々に。ときには思わぬ発見へとわたしを導いてくれた山内ゼミのみなさんに。本書に具体的な形を与えてくれた思潮社編集部の髙木真史さんに。ジェスに。ノーマ・コールに。リン・ヘジニアンに。マーガレット・ジェンキンズとＭＪＤＣに。アーヴィング・ペトリンとサラ・ペトリンに。パーマーの妻と娘、キャシー・サイモンとサラ・パーマーに。そしてなんといっても、マイケルに。ありがとうございました。和美と萠花もありがとう。

なお、本書は福原記念英米文学研究助成基金の助成を受けて刊行された。福原麟太郎先生のご遺族の方々、そして基金運営委員の方々に対しても、心より感謝の意を表したい。

あとはしめくくりとして、既に本書の序の最後に記した言葉を繰り返すことにさせていただこう。巻頭からここまで読み通してくださったあなたに向けて。そしてもちろん、ここから読み始めてくださったあなたにも向けて。

＊

マイケル・パーマーの世界へようこそ。

初出一覧

＊本書収録にあたって題名が変更されている場合には、〔　〕内に初出時の原題名を示した。

第Ⅰ部

第一章　「アフター・ダンテ」のパラドックス――マイケル・パーマー、あるいは書物概念の解体者……日本アメリカ文学会東京支部『アメリカ文学』第七四号（二〇一三年）〔"Dismantling the Conceptual Notion of the Book: Michael Palmer's Paradoxical Relationship with Dante"〕

第二章　「神秘的なもの」を示す言語ゲーム――「開くドア」を探す詩人の誕生……シルフェ英語英米文学会『シルフェ』第五〇号（二〇一一年）

第三章　潜勢力、言語、太陽――パーマーとアガンベン……シルフェ英語英米文学会『シルフェ』第五四号（二〇一五年）

第Ⅱ部

第四章　「権力との自己同一化を超えるなにか」のために――「反動的なノスタルジア」への抵抗……書き下ろし

第五章　ランプに火を灯す詩人たち――パーマーと吉増剛造、ツェラン、そしてゼーバルト……シルフェ英語英米文学会『シルフェ』第四九号（二〇一〇年）

第六章　「誰でもないもの」の声が生じるとき――パーマーとアーヴィング・ペトリン……静岡大学人文社会科学部翻訳文化研究会『翻訳の文化／文化の翻訳』第一〇号別冊（二〇一五年）

第Ⅲ部

犬と狼のあいだで――パーマーとのインタビュー……思潮社『現代詩手帖』五月号（二〇〇四年）〔危機と再生――マイケル・パーマーとの対話〕

I Do Not……思潮社『現代詩手帖』五月号（二〇〇四年）

「ディンジャー・オレンジ」の印象――マーガレット・ジェンキンズとパーマーのコラボレーション……思潮社『現代詩手帖』三月号（二〇〇五年）

索引

＊本書中で参照される人名と作品名を一覧にした。

ア行

カ行

サ行

タ行

ナ行

ハ行

マ行

ヤ行

ラ行

ワ行

引用文献・資料

I．マイケル・パーマーの著作・資料

Palmer, Michael. *Active Boundaries: Selected Essays and Talks*. New York: New Directions, 2008.

——. *At Passages*. New York: New Directions, 1995.

——. *Blake's Newton*. Los Angeles, Black Sparrow P, 1972.

——. *Company of Moths*. New York: New Directions, 2006.

——. *First Figure*. San Francisco: North Point, 1984.

——. "Morris Gray Poetry Reading: Michael Palmer." Woodberry Poetry Room and the Department of English, Harvard University. 17 Oct. 2011. Web. 13 May 2014.

——. "Noises Not Ours: Conversation with Gozo Yoshimasu and Kiwao Nomura." *Toward the Pacific Rim of Poetry*. International Poetry Festival. Tokyo. 21 Apr. 2007.

——. *Notes for Echo Lake*. San Francisco: North Point, 1981.

——. "Origins: Counter-Tradition of Poetry." Lecture at Waseda University. 20 Apr. 2007.

——. Personal Interview. San Francisco. 26. Dec. 2003.

——. Personal Interview. Kyoto. 24. Apr. 2007.

——. "Preface." *The New Life by Dante Alighieri*. Trans. Dante Gabriel Rossetti. New York: The New York Review of Books, 2002. vii-xiii.

——. "Robert Duncan and the Invention of Childhood." 2011. TS.

——. *Sun*. San Francisco: North Point P, 1988.

——. *Songs for Sarah*. Illus. Irving Petlin. Annisquam: Lobster Cove Ed., 1987.

——. *The Circular Gates*. Los Angeles, Black Sparrow P, 1974.

——. *The Promises of Glass*. New York: New Directions, 2000.

——. *Thread*. New York: New Directions, 2011.

パーマー，マイケル．「目覚めのために——マイケル・パーマー」．*Edge Special.* 伊藤憲監督．山内功一郎監修．テレコムスタッフ製作．27 May 2007. Television.

パーマー，マイケル．ヤン・ローレンス，ジョン・マティア，藤井貞和，城戸朱理．「詩的環太平洋の可能性」．『現代詩手帖』7 月号（2007）: 114-22.

Ⅱ．外国語文献・資料

Agamben, Giorgio. *Idea della prosa*. Macerata: Quodlibet, 2013.

——. *Ill linguaggio e la morte: un seminario sul luogo della negatività*. Torino: G. Einaudi, 2008.

Ashbery, John, trans. *Illuminations / Rimbaud*. New York: Norton, 2011.

Bartoloni, Paolo. "Infancy." *The Agamben Dictionary*. Ed. Alex Murray and Jessica Whyte. Edinburgh: Edinburgh UP, 2011. 105-06.

Beier, Silvia. *Nobody's Voice: Constructions of Poetic Identity in Celan, Rilke and Bachmann*. Diss. Columbia U, 2006. Ann Arbor: UMI, 2006.

Benson, Donald C. "Zeno's Paradox." *The Moment of Proof*. New York: Oxford UP, 2000. 13-15.

Bernstein, Charles. "An Interview with Charles Bernstein." *Contemporary Literature* 41. 1（2000）: 1-21.

Brooks, Cleanth. *The Well Wrought Urn: Studies in Structure of Poetry*. Orlando: Harcourt Brace, 1970.

Bush, George H. W. "Transcript of President's Address to Joint Session of Congress." *New York Times* 12 Sept. 1990: A-20.

Cannon, Lou. *President Reagan: The Role of a Lifetime*. New York: Public Affairs, 2000.

Celan, Paul. "Ein Auge, Offen." *Sprachgitter*. Frankfurt am Main: S. Fischer, 1959. 47.

Clover, Joshua. "Poetry Chronicle." *The New York Times*. Nov. 27. 2005: D3.

Corcoran, Farrel. "War Reporting: Collateral Damage in the European Theater." *Triumph of the Image: The Media's War in the Persian Gulf—A Global Perspective*. Boulder: Westview P, 1992. 106-17.

Cuddon, John Anthony. *A Dictionary of Literary Terms and Literary Theory*. Oxford: Blackwell, 1991.

Cummings, Paul. *Irving Petlin: Pastels*. New York: Kent Fine Art, 1988.

Dante. *La commedia secondo l'antica vulgate: Inferno.* Ed. Giorgio Petrocchi.

Firenze: Le lettere, 1994.
——. *La commedia secondo l'antica vulgate: Purgatorio.* Ed. Giorgio Petrocchi. Firenze: Le lettere, 1994.
——. *La commedia secondo l'antica vulgate: Paradiso.* Ed. Giorgio Petrocchi. Firenze: Le lettere, 1994.
——. "The Letter to Can Grande." *Literary Criticism of Dante Alighieri.* Trans. & Ed. Robert S. Haller. Lincoln: U of Nebraska P, 1973. 95-111.
Darwish, Mahmoud. *The Adam of Two Edens*. Ed. Munir Akash and Daniel Moore. New York: Syracuse UP, 2000.
Daven, Eric Leif. *Fight the Power: A Memoir of the Sixties*. Pittsburg: Davin Books, 2008.
de Duve, Thierry. *Pictorial Nominalism: On Marcel Duchamp's Passage from Painting to the Readymade*. Minneapolis: U of Minnesota P, 2006.
Donne, John. *John Donne's Poetry*. Ed. Arthur L. Clements. New York: Norton, 1992.
Duchamp, Marcel. *Salt Seller: Essential Writings*. Ed. Michel Sanouillet. London: Thames and Hudson, 1975.
Duncan, Robert. *The Opening of the Field*. New York: New Directions, 1960.
Durantaye, Leland de la. *Giorgio Agamben: A Critical Introduction*. California: Stanford UP, 2009.
Engelman, Paul. *Letters from Ludwig Wittgenstein: With a Memoir*. Trans. L. Furtmüller. Oxford: Blackwell, 1967.
Felstiner, John. *Paul Celan: Poet, Survivor, Jew*. New Haven: Yale UP, 1995.
Froula, Christine. *A Guide to Ezra Pound's Selected Poems*. New York: New Directions, 1983.
Gardner, Thomas. "An Interview with Michael Palmer." *Regions of Unlikeness: Explaining Contemporary Poetry*. Lincoln: U of Nebraska P. 272-91.
——. "Michael Palmer's Altered Words." *Regions of Unlikeness: Explaining Contemporary Poetry*. Lincoln: U of Nebraska P. 238-71.
Gibson, James William. *The Perfect War*. Boston: Atlantic Monthly P, 2000.
Gizzi, Peter. "Interview with Michael Palmer." *Exact Change Yearbook*. No. 1. Boston: Exact Change, 1995. 161-92.

Glenn, Jerry. *Paul Celan*. New York: Twayne Publishers, 1973.

Halley, Peter. "Frank Stella and Simulacrum." *Flash Art*. 127 (1986) : 137-49.

Hallin, Daniel C. *The "Uncensored War": The Media and Vietnam*. Berkeley: U of California P, 1986.

Hass, Robert. "Michael Palmer Receives the Wallace Stevens Award." *Poets.org*. 10 Dec. 2006. Web. 20 Feb. 2008.

Hicks, Robert. "A Conversation in the Mountains: An Interview with Michael Palmer." *The Smart Set*. 12. Mar. 2008. Web. 19. Sept. 2008.

Hoynes, William. "War as Video Game: Media, Activism, and the Gulf War." *Collateral Damage: The New World Order at Home and Abroad*. Ed. Cynthia Peters. Boston: South End P, 1992. 305-26.

Jaramillo, Deborah L. *Ugly War, Pretty Package: How CNN and Fox News Made the Invasion of Iraq High Concept*. Bloomington: Indiana UP, 2009.

Jarnot, Lisa. *Robert Duncan: The Ambassador from Venus*. Berkeley: U of California P, 2012.

Jennings, Michael. "Introduction." *The Writer of Modern Life: Essays on Charles Baudelaire* by Walter Benjamin. Cambridge: Belknap P, 2006. 1-25.

Kane, Daniel. "Michael Palmer: An Interview." *What Is Poetry*. New York: T & W Book, 2003. 138-50.

Kaufman, Robert. "Difficulty in Modern Poetry and Aesthetics." *Just Being Difficult?* Ed. Jonathan Culler and Kevin Lamb. Stanford: Stanford UP, 2003. 139-56.

Kinnard, Douglas. *The War Managers*. Annapolis: Naval Institute P, 2007.

Krugier-Ditesheim Art Contemporain, ed. *Irving Petlin: Le Monde d'Edmond Jabès*. Genève: Galerie Jan Krugier, Ditesheim & Cie, 1997.

Kunz, Daniel. "On Company of Moths." *Book Notes*. 23 Dec. 2007. Web. 20 Feb. 2008.

Lanning, Michael Lee. *Mercenaries: Soldiers of Fortune, from Ancient Greece to Today's Private Military Companies*. New York: Presidio P, 2005.

Lewis, R. W. B. *Dante*. New York: Viking P, 2001.
Louw, Eric. *The Media and Cultural Production*. London: SAGE Publications Ltd, 2001.
Mandelstam, Osip. "Conversation about Dante." *Critical Prose and Letters*. Trans. Jane Harris et al. New York: Ardis Publishers, 1979. 397-442.
Mathieu, Bertrand, trans. *A Season in Hell and Illuminations*. New York: BOA Editions, 1991.
Mills, Catherine. *The Philosophy of Agamben*. Stockfield: Acumen, 2008.
Mohr, Bill. *Hold-Outs: The Los Angeles Poetry Renaissance, 1948-1992*. Iowa: U of Iowa P, 2011.
Murray, Alex. *Giorgio Agamben*. London: Routledge, 2010.
O'Brien, Geoffrey. "Keeping Company." *Boston Review*. 21 Dec. 2007. Web. 20 Feb. 2008.
Ockham, William of. *Philosophical Writings: A Selection*. Trans. Philotheus Boehner. Indianapolis: Hackett Publishing Co., 1990.
Pearson, James. *Frank Stella: Abstract Artist*. Kent: Crescent Moon Publishing, 2007.
Perry, Nicholas. *Hyperreality and Global Culture*. London: Routledge, 1998.
Petlin, Irving. Personal Interview. Paris. 5 June 2012.
Pound, Ezra. "Hugh Selwyn Mauberley." *Selected Poems*. London: Faber and Faber, 1975. 98-112.
——. *The Spirit of Romance*. New York: New Directions, 1968.
Ramazani, Jahan. *Poetry of Mourning: The Modern Elegy from Hardy to Heaney*. Chicago: U of Chicago P, 1994.
Ramazani, R. K. "A New World Order in the Middle East: America's Power without Purpose?" *Post-war Policy Issues in the Persian Gulf*. Printed for the Use of Committee of Foreign Affairs. Washington: U. S. Government Printing Office, 1991. 236-38.
Ramey, Lauri. *The Poetics of Resistance: A Critical Introduction to Michael Palmer*. Ann Arbor: UMI, 1996.
Reed, Jeremy. *Delirium*. San Francisco: City Lights Books, 1994.
Reef, Catherine. *Poverty in America*. New York: Facts on File, Inc., 2007.
Rilke, Rainer Maria. *Werke: Kommentierte Ausgabe*. Vol. 1. Ed. Manfred

Engel et al. Frankfurt am Main: Insel, 1996.

Rimbaud, Arthur. *Œuvres complètes*. Ed. Antoine Adam. Paris: Gallimard, 1972. Bibliothèque de la Pléiade 68.

Róheim, Géza. *Magic and Schizophrenia*. Bloomington: Indiana UP, 1955.

Rothensal, Sarah. "The Recovery of Language: Michael Palmer." *A Community of Writing Itself: Conversations with Vanguard Writers of the Bay Area*. Champaign: Dalkey Archive P, 2010. 167-95.

Sacks, Peter. *The English Elegy: Studies in the Genre from Spenser to Yeats*. Baltimore: Johns Hopkins UP, 1987.

Shreiber, Maeera Y. "Kaddish: Jewish American Elegy Post-1945." *The Oxford Handbook of the Elegy*. Ed. Karen Weisman. Oxford: Oxford UP, 2010. 397-412.

Sorrell, Martin, trans. *Collected Poems / Arthur Rimbaud*. Oxford: Oxford UP, 2001.

Spargo, R. Clifton. "The Contemporary Anti-Elegy." *The Oxford Handbook of the Elegy*. Ed. Karen Weisman. Oxford: Oxford UP, 2010. 413-29.

Spitzer, Alan Barrie. *Historical Truth and Lies about the Past: Reflections on Dewey, Dreyfus, de Man and Reagan*. U of North Carolina P, 1996.

Tanguay, Liane. *Hijacking History: American Culture and the War on Terror*. Montreal: Mcgill-Queen's UP, 2012.

Tuma, Keith. "Michael Palmer." *Dictionary of Literary Biography*. Vol. 16. Ed. Ann Charters. Detroit: Gale Research, 1983.

Watkin, William. *The Literary Agamben: Adventures in Logopoiesis*. London: Continuum, 2010.

Woodger, Elin and David F. Burg. *The 1980s*. New York: Facts on File, Inc., 2006.

Wroe, Ann. *Lives, Lies and the Iran-Contra Affair*. New York: St Martin's P, 1991.

Wyatt, Clarence R. *Paper Soldiers: The American Press and the Vietnam War*. Chicago: U of Chicago P, 1996.

Ⅲ．邦語文献・資料

アガンベン，ジョルジョ．『到来する共同体』．上村忠男訳．月曜社．2012．

——．『中身のない人間』．岡田温司他訳．人文書院，2002．

——．『幼児期と歴史』．上村忠男訳．岩波書店，2007．

ウィトゲンシュタイン，ルートヴィヒ．「青色本・茶色本」．『ウィトゲンシュタイン全集6　青色本・茶色本他』．大森荘蔵訳．大修館書店，1975．1-297．

——．『ウィトゲンシュタイン全集8　哲学探究』．藤本隆志訳．大修館書店，1978．

——．『色彩について』．中村昇，瀬嶋貞徳訳．新書館，1997．

——．「断片」．『ウィトゲンシュタイン全集9　確実性の問題・断片』．菅豊彦訳．大修館書店，1975．171-394．

——．『論理哲学論考』．野矢茂樹訳．岩波文庫，2003．

岡田温司．『アガンベン読解』．平凡社，2011．

ギロリー，ジョン．「正典」．『現代批評理論——22の基本概念』．フランク・レントリッキア，トマス・マクローリン編．大橋洋一他訳．平凡社，1994．493-523．

クラーク，ラムゼー．『ラムゼー・クラークの湾岸戦争——いま戦争はこうして作られる』．中平信也訳．地湧社，1994．

クルツィウス，エルンスト・ローベルト．『ヨーロッパ文学とラテン中世』．南大路振一他訳．みすず書房，1971．

サイード，エドワード．「アラブ・アメリカ戦争」．『収奪のポリティックス』．川田潤他訳．NTT 出版，2008．417-27．

——．『イスラム報道』．浅井信雄他訳．みすず書房，2003．

——．『人文学と批評の使命』．村山敏勝，三宅敦子訳．岩波現代文庫，2013．

——．『文化と帝国主義』．第一巻．大橋洋一訳．みすず書房，1998．

ジャベス，エドモン．『書物への回帰』．鈴木創士訳．水声社，1995．

——．『問いの書』．鈴木創士訳．水声社，1988．

ゼーバルト，W・G．『アウステルリッツ』．改訳版．鈴木仁子訳．白水社，2012．

関口裕昭．『パウル・ツェランとユダヤの傷』．慶應義塾大学出版会，2011．

ダン，ジョン．『対訳　ジョン・ダン詩集』．湯浅信之訳．岩波文庫，2006．

ダンテ.『神曲　地獄篇』. 原基晶訳. 講談社学術文庫, 2014.
——.『神曲　天国篇』. 原基晶訳. 講談社学術文庫, 2014.
——.『神曲　煉獄篇』. 原基晶訳. 講談社学術文庫, 2014.
ツェラン, パウル.「山中の対話」.『パウル・ツェラン詩文集』. 飯吉光夫編訳. 白水社, 2012. 156-64.
——.「見開かれた、一つの目」.『ことばの格子』. 飯吉光夫訳. 書肆山田, 1990. 102-3.
新倉俊一.『エミリー・ディキンスン　不在の肖像』. 大修館書店, 1989.
ネフスキー, ニコライ.『月と不死』. 岡正雄編. 平凡社, 1976.
ハイデガー, マルティン.『言葉への途上』. 亀山健吉, ヘルムート・グロス訳. 創文社, 1996.
——.『「ヒューマニズム」について』. 渡邉二郎訳. ちくま学芸文庫, 1997.
パス, オクタビオ.『もうひとつの声』. 木村榮一訳. 白水社, 2007.
バンヴェニスト, エミール.『言葉と主体——一般言語学の諸問題』. 阿部宏他訳. 岩波書店, 2013.
ブルックス, クリアンス.『現代詩と伝統』. 猪俣浩, 大沢正佳訳. 南雲堂, 1976.
フロイト, ジークムント.「ナルシシズム入門」.『エロス論集』. 中山元編訳. ちくま学芸文庫, 1997. 231-73.
——.「リビドー的類型について」.『エロス論集』. 中山元編訳. ちくま学芸文庫, 1997. 389-96.
ベンヤミン, ヴァルター.「ボードレールにおけるいくつかのモティーフについて」.『ベンヤミン・アンソロジー』. 山口裕之編訳. 河出文庫, 2011. 206-94.
——.「物語作者」.『ベンヤミン・コレクション　2』. 浅井健二郎編. 三宅晶子訳. ちくま学芸文庫, 1996. 283-334.
——.「歴史の概念について」.『ベンヤミン・アンソロジー』. 山口裕之編訳. 河出文庫, 2011. 359-83.
ボードレール, シャルル.『ボードレール全詩集　I』. 阿部良雄訳. ちくま文庫, 1998.
ボルヘス, ホルヘ・ルイス.『ボルヘスの「神曲」講義』. 竹村文彦訳. 国書刊行会, 2001.
ポントルモ, ヤコポ・ダ.『ルネサンスの画家　ポントルモの日記』. 中嶋浩郎

訳．白水社，2001．

吉増剛造．『生涯は夢の中径《ナカミチ》――折口信夫と歩行』．思潮社，1999．

――．「ただ獨り歩く、思考の／幽霊のような力」．『「雪の島」あるいは「エミリーの幽霊」』．集英社，1998．90-94．

ランボー，アルチュール．『ランボー全詩集』．宇佐美斉訳．ちくま文庫，1996．

――．『地獄の季節』．小林秀雄訳．岩波文庫，1970．

――．『ランボー全詩集』．鈴木創士訳．河出文庫，2010．

――．『ランボー全集　個人新訳』．鈴村和成訳．みすず書房，2011．

――．『ランボー全集』．中地義和他訳．青土社，2006．

マイケル・パーマー〈詩・散文〉一覧

＊本書中で参照されるパーマーの詩と散文を一覧にした。
著作は刊行順、各篇は原著への収録順に記されている。

〈詩〉

『ブレイクのニュートン』 ***Blake's Newton*** **1972 年**

「(聖火曜日)」"Holy Tuesday"

『円状門』 ***The Circular Gates*** **1974 年**

「(……のために)」"for…"

「(太陽海……)」"The sun the water …"

「(すらりとした形が増加し続ける)」"Increase in slenderness proceeds"

「散文二十二」"Prose 22"

『エコーの湖のための覚書』 ***Notes for Echo Lake*** **1981 年**

「エコーの湖のための覚書 一」"Notes for Echo Lake 1"

『第一の表象』 ***First Figure*** **1984 年**

「花の理論」"The Theory of the Flower"

「この布人形のこと」"Of This Cloth Doll Which"

『太陽』 ***Sun*** **1988 年**

「第五の散文」"Fifth Prose"

「(言葉たちは言う……)」"Words say…"

「太陽」"Sun"

『アット・パッセージズ』 ***At Passages*** **1995 年**

「無題（遠く近くで)」"Untitled (Far Away Near)"

「リー・ヒックマンを偲ぶ二十四通りの論理」"Twenty-four Logics in Memory of Lee Hickman"

『ガラスの約束』 ***The Promises of Glass*** **2000 年**

「白いノートブック」"The White Notebook"

「自伝八」"Autobiography 8"

「プラハの形而上学者（自伝十一)」"The Metaphysician of Prague (Autobiography 11)"

「I Do Not」"I Do Not"

『蛾の一群』 ***Company of Moths*** **2005 年**

「ことばたち」“The Words”
「ナルキッソスの夢」“The Dream of Narcissus”
「話す言語の夢」“Dream of a Language That Speaks”
『スレッド』 *Thread* 2011年
「ダンテにちなむ断片」“Fragment After Dante”

〈散文〉
『アクティヴ・バウンダリーズ』 *Active Boundaries* 2008年
「ロバート・ダンカンのグラウンド・ワークについて」“On Robert Duncan's Ground Work”
「詩と偶発性」“Poetry and Contingency”
「語りえないものの言語——アーヴィング・ペトリンをめぐる覚書」“A Language of the Unsayable: Some Notes on Irving Petlin”
「ジェスの『ナルキッソス』について」“On Jess's Narkissos”
「シェリー、詩論と現状をめぐる覚書」“Some Notes on Shelley, Poetics and the Present”
「対抗詩論と現在における実践」“Counter-Poetics and Current Practice”

略号一覧

AB	Palmer, *Active Boundaries*
AP	Palmer, *At Passages*
BN	Palmer, *Blake's Newton*
CG	Palmer, *The Circular Gates*
CM	Palmer, *Company of Moths*
FF	Palmer, *First Figure*
Gardner 1	Gardner, "An Interview with Michael Palmer"
Gardner 2	Gardner, "Michael Palmer's Altered Words"
Inf	Dante, *Inferno*
IP	Agamben, *Idea della prosa*
LM	Agamben, *Ill linguaggio e la morte*
NEL	Palmer, *Notes for Echo Lake*
OF	Duncan, *The Opening of the Field*
Par	Dante, *Paradiso*
PG	Palmer, *The Promises of Glass*
Pur	Dante, *Purgatorio*
WWU	Brooks, *The Well Wrought Urn*

山内功一郎　やまうち・こういちろう
1969年生まれ。静岡大学人文社会科学部准教授。アメリカ詩研究。共著に『記憶の宿る場所――エズラ・パウンドと20世紀の詩』（思潮社、2005年）、訳書に『粒子の薔薇――マイケル・パーマー詩集』（思潮社、2004年）、監訳書に『「マイ・ライフ」より――リン・ヘジニアン詩集』（メルテミア・プレス、2013年）等がある。

マイケル・パーマー——オルタナティヴなヴィジョンを求《もと》めて

著者
山内功一郎《やまうちこういちろう》
発行者
小田久郎
発行所
株式会社 思潮社
〒一六二―〇八四二　東京都新宿区市谷砂土原町三―十五
電話〇三（三二六七）八一五三（営業）・八一四一（編集）
ＦＡＸ〇三（三二六七）八一四二
印刷所
三報社印刷株式会社
製本所
小高製本工業株式会社
発行日
二〇一五年十二月二十五日